टैगोर कहानियां

जीवन के अनुभवों की हृदयस्पर्शी कहानियां

रवीन्द्रनाथ टैगोर

दुर्लभ ई साहित्य कार्नर

© सर्वाधिकार प्रकाशकाधीन

भारतीय कॉपीराइट एक्ट के अंतर्गत प्रस्तुत पुस्तक की सामग्री का अधिकार 'दुर्लभ ई-साहित्य कार्नर' के पास सुरक्षित है।

लेखक परिचय

रवीन्द्रनाथ टैगोर का जन्म 7 मई, 1861 को कोलकाता में एक अमीर बंगाली परिवार में हुआ था। टैगोर बचपन से हीं बहुत ही प्रतिभाशाली थे। बालपन से ही उनकी कविता, छन्द और भाषा में अद्भुत प्रतिभा का आभास लोगों को मिलने लगा था। उन्होंने पहली कविता आठ साल की उम्र में लिखी थी और मात्र सोलह साल की उम्र में उनकी लघुकथा प्रकाशित हुई थी। देश और विदेश के सारे साहित्य, दर्शन, संस्कृति आदि उन्होंने आहरण करके अपने अन्दर समेट लिए थे। पिता के ब्रह्म-समाजी होने के कारण वे भी ब्रह्म-समाजी थे। पर अपनी रचनाओं व कर्म के द्वारा उन्होंने सनातन धर्म को भी आगे बढ़ाया। पिता देवेन्द्रनाथ की इच्छा थी की रवीन्द्रनाथ बडे होकर बैरिस्टर बनें। इसलिए उन्होंने रवीन्द्रनाथ को कानून की पढ़ाई के लिए लंदन भेजा लेकिन रवीन्द्रनाथ का मन तो साहित्य में था फिर उनका मन लंदन में कैसे लगता! रवीन्द्रनाथ कुछ समय तक लंदन के कॉलेज विश्वविद्यालय में कानून का अध्ययन किया लेकिन बिना डिग्री लिए वापस आ गए।

टैगोर भारतीय साहित्य के एकमात्र नोबल पुरस्कार विजेता हैं। वे इकलौते ऐसे कवि हैं, जिनकी लिखी हुई दो रचनाएं भारत और बांग्लादेश का राष्ट्रगान बनी। उनकी ज्यादातर रचनाएं आम आदमी पर केन्द्रित है। उनकी रचनाओं में सरलता, अनूठापन और

दिव्यता है। वे बांग्ला साहित्य के माध्यम से भारतीय सांस्कृतिक चेतना में नयी जान फूंकने वाले युगदृष्टा थे।

रवीन्द्रनाथ टैगोर की गीतांजलि लोगों को इतनी पसंद आई कि अंग्रेजी, जर्मन, फ्रैंच, जापानी, रूसी आदि विश्व की सभी प्रमुख भाषाओं में इसका अनुवाद किया गया। टैगोर का नाम दुनिया के कोने-कोने में फैल गया और वे विश्व-मंच पर स्थापित हो गए।

टैगोर की कहानियों में दृष्टिदान, प्रेम का मूल्य और पाषाणी आज भी लोकप्रिय कहानियां हैं। रवीन्द्रनाथ की रचनाओं में स्वतंत्रता आंदोलन और उस समय के समाज की झलक स्पष्ट रूप से देखी जा सकती है।

रवीन्द्रनाथ टैगोर ने जीवन की हर सच्चाई को सहजता से स्वीकार किया और जीवन के अंतिम समय तक सक्रिय रहे। 7 अगस्त 1941 को कोलकाता में इस बहुमुखी साहित्यकार का निधन हो गया।

❏ ❏

अनुक्रम

1. घाट की बात 7
2. एक बरसाती कहानी 21
3. दुलहिन 34
4. तिनके का संकट 40
5. अंतिम प्यार 44
6. भिखारिन 60
7. कवि का हृदय 68
8. समाज का शिकार 72
9. यह स्वतंत्रता 77
10. भाई-भाई 83
11. हालदार परिवार 97
12. व्यवधान 127
13. दालिया 133
14. दहेज 145
15. मध्यवलतनी 154

दुर्लभ ई. साहित्य कार्नर

1

घाट की बात

पत्थर पर अगर वे घटनाएं लिखी रहतीं, तो कितनी ही बातें तुम मेरी हर सीढ़ी पर पढ़ सकते थे। पुरानी बातें अगर सुनना चाहते हो तो इन सीढ़ियों पर बैठो। मन लगाकर पानी की लहरों की ओर कान लगाए रहो। गुजरे जमाने की कितनी ही भूली हुई बातें सुनाई देंगी।

मुझे और एक दिन की बात याद आ रही है। वह भी ठीक आज जैसा दिन था। कुआर के आने में दो-चार दिन ही बाकी थे। सवेरे के समय शीत ऋतु की धीमी-धीमी हवा सोकर उठे हुए लोगों के शरीर में नई फुरती भर रही थी। पेड़ों के पत्तों को जरा-जरा सुरसुरी-सी आ रही थी।

गंगा ऊपर तक भरी हुई है। मेरी सिर्फ चार सीढ़ियां पानी के ऊपर जाग रही हैं। जल के साथ स्थल की गलबहियां हो रही हैं। किनारे पर आम के बाग के नीचे जहां अरुई का जंगल जम गया है, वहां तक गंगा का पानी आ पहुंचा है। धीवरों की जो नावें किनारे पर बबूल के पेड़ों से बंधी थीं, वे सवेरे की ज्वार के पानी पर तैरती हुई डगमग-डगमग कर रही हैं। चपल यौवन ज्वार का पानी इतरा-इतरा कर उनके दोनों तरफ 'छप-छप' आघात कर रहा है। मधुर परिहास से मानो उनके कान पकड़कर हिला-हिला जाता है।

भरी गंगा के ऊपर शरद की सुबह की जो धूप पड़ी है, उसका रंग है कच्चे सोने जैसा, चंपा के फूल के समान। धूप का ऐसा रंग और किसी भी समय नहीं दिखाई देता। बीच की रेती पर उगी हुई लंबे-

दुर्लभ ई. साहित्य कार्नर

लंबे कांस पर धूप पड़ रही है। अभी तक कांस के फूल खिले नहीं हैं, खिलने शुरू ही हुए हैं।

'राम-राम' कहते हुए मल्लाहों ने नावें खोल दीं। चिड़ियां जैसे उजाले में पैर फैलाकर आनंद से नीले आसमान में उड़ रही हैं। छोटी-छोटी नावें भी वैसे ही छोटे-छोटे पाल चढ़ाकर सूर्य की किरणों में निकल पड़ी हैं। वे चिड़ियों जैसी ही मालूम पड़ती हैं, मानो राजहंसों की तरह पानी में तैर रही हों और आनंद में आकर दोनों पर आकाश में फैला दिए हों।

भट्टाचार्य जी नियमित समय पर पंचपात्र हाथ में लिए स्नान करने आए। स्त्रियां भी एक-एक दो-दो करके पानी भरने आईं।

यह बहुत ज्यादा दिनों की बात नहीं है हां, तुम लोगों को बहुत पुरानी जरूर मालूम हो सकती है, पर मुझे तो ऐसा लगता है कि यह कल की बात है। मेरे दिन तो गंगाजल के साथ खेलते-खेलते बह जाते हैं। बहुत दिनों से एक जगह पड़ा-पड़ा मैं ऐसा ही देख रहा हूं, इसीलिए समय मुझे बहुत लंबा नहीं मालूम पड़ता।

दिन की धूप और रात की छाया रोज गंगा पर पड़ती हैं और रोज उस पर से पुछ कर मिट जाती हैं। कहीं भी उनकी छवि नहीं दिखाई देती। इसीलिए यद्यपि मैं देखने में वृद्ध जैसा लगता हूं, पर हृदय मेरा हमेशा नया और हरा-भरा रहता है। बरसों की पुरानी यादों की काई के भार से दबकर मेरी सूर्य किरणें मारी नहीं जातीं। हां, कभी-कभी काई का एक-आध टुकड़ा बहकर आता और देह से लगकर फिर जल में बह जाता है। फिर भी यह नहीं कहा जा सकता कि यह काई कुछ है ही नहीं।

जहां गंगा का जल नहीं पहुंचता, वहां मेरे छेदों-दरारों में जो लता, घास या शैवाल अथवा पौधे उत्पन्न हुए हैं, वे ही मेरे पुराने होने के गवाह हैं। उन्हीं ने पुराने काल को स्नेहपाश में बांधकर उसे हमेशा

के लिए श्यामल, मधुर और नवीन बना रखा है। गंगा प्रतिदिन मेरे पास से एक-एक सीढ़ी उतरती जा रही है और मैं भी एक-एक सीढ़ी करके पुराना होता जा रहा हूं।

चक्रवर्ती घराने के वह जो वृद्ध पुरुष स्नान करके रामनामी ओढ़े कांपते हुए माला जपते-जपते घर को लौट रहे हैं, उनकी नानी तब इतनी सी थी। मुझे याद है, उसका एक खेल था—वह रोज घीकुवांर का एक पत्ता गंगा में बहा जाती थी। मेरी दाहिनी बांह के पास एक भंवर-सा था, वहीं पर उसका पत्ता लगातार घूमा करता था और वह गागर रखकर खड़ी-खड़ी उसी को देखा करती थी। कुछ समय बाद देखा कि वह लड़की बड़ी हो गई और अपनी एक लड़की को साथ लेकर पानी भरने आई। उसके बाद वह लड़की भी फिर बड़ी हो गई। वह अपने साथ की लड़कियों के पानी उछालकर ऊधम मचाने पर उन्हें डांटती-डपटती और भले मानसों जैसा आचरण करने की शिक्षा देती। तब मुझे वही घीकुवांर की नाव बहाने की बात याद आती और बड़ा कुतूहल होता।

जो बात कहना चाहता हूं, वह आती ही नहीं। एक बात उठाता हूं, तब तक जल से दूसरी बात बह आती है। बातें आती हैं, चली जाती हैं—उन्हें थामकर नहीं रखा सकता। एक-एक कहानी उस घीकुवांर की नाव की तरह भंवर में पड़कर बिना आराम किए लौट-लौट आती है।

इसी तरह आज एक कहानी अपना बोझ लेकर मेरे आस-पास घूम-फिर रही है। अब डूबी कि अब डूबी! उस पत्ते की तरह ही वह छोटी-सी है। उसमें ज्यादा कुछ नहीं है, खेल के दो फूल हैं। उसे डूबे देखकर कोमल हृदय बालिका सिर्फ एक लंबी सांस खींचकर घर लौट जाएगी।

मंदिर के पास, जहां वह गुसाइयों की गोशाला का बांस का

घेरा देख रहे हो, वहां एक बबूल का पेड़ था। उसके नीचे हफ्ते में एक रोज पेंठ लगती थी। तब गुसाइयों का वहां घर-द्वार नहीं बना था। जहां अभी उनका चंडी मंडप है, वहां सिर्फ एक फूस की झोंपड़ी थी।

वह बरगद का पेड़, जो आज मेरी पसलियों में हाथ फैलाकर, विकट और लंबी कठोर उंगलियों जैसी अपनी जड़ों से मेरे पत्थर दिल को मुट्ठी में दबाए हुए है, तब इतना-सा छोटा पौधा था। अपनी हरी-हरी पत्तियों के लिए सिर उठाकर खड़ा हो रहा था। धूप पड़ने पर उसकी उन पत्तियों की छांह मेरे ऊपर सारे दिन खेला करती। उसकी नई जड़ें बच्चों की उंगलियों की तरह मेरी छाती के पास कुलबुलाया करतीं। कोई इसकी एक पत्ती भी तोड़ता तो मुझे पीड़ा होती।

मेरी उमर यद्यपि काफी हो चुकी थी, फिर भी मैं सीधा था। आज मैं पीठ की रीढ़ टूट जाने से अष्टावक्र की तरह टेढ़ा-मेढ़ा हो गया हूं और गहरी त्रिवलि रेखाओं की तरह मेरे शरीर पर हजारों जगह दरारें भी पड़ गई हैं। मेरे भीतर दुनिया भर के मेढक जाड़े के दिनों में लंबी नींद सोने की तैयारियां कर रहे हैं, पर उन दिनों मेरी ऐसी दशा न थी। सिर्फ मेरी बाईं भुजा में बाहर की तरफ दो ईंटों की कमी थी।

उस खोह में एक चिड़िया ने घोंसला बना लिया था। तड़के ही जब वह करवट बदलकर जागती और मछली की पूंछ की तरह अपनी डबल पूंछ को दो-चार बार जल्दी-जल्दी नचाकर, सीटी देकर आसमान में उड़ जाती, तब मैं समझ लेता कि कुसुम के घाट पर आने का समय हो गया।

जिस लड़की की बात कह रहा हूं, घाट की अन्य लड़कियां उसे कुसुम कहा करती थीं। शायद कुसुम ही उसका नाम था। पानी पर जब कुसुम की छोटी-सी छाया पड़ती, तो मेरे मन में आता कि किसी

तरह उस छाया को पकड़ लूं। उसमें कुछ ऐसी ही मिठास थी। वह जब मेरे ऊपर पैर रखती और उसके दोनों पैरों के छड़े बजने लगते, तब मेरी दरारों के घास-पौधे मानो पुलकित हो उठते।

कुसुम बहुत ज्यादा खेलती-बतराती हो या हंसी-मसखरी करती हो, सो बात नहीं—फिर भी ताज्जुब की बात यह थी कि उसकी जितनी भी सखी-सहेलियां थीं, उनमें से उस जैसी कोई भी न थी। चंचल लड़कियों का उसके बिना काम ही न चलता था। कोई उसे कुसी कहती, तो कोई खुसी और कोई राक्षसी! उसकी मां उसे कुसुमी कहतीं। जब देखो तब कुसुम पानी के किनारे ही बैठी मिलती। पानी के साथ उसके हृदय का मानो कोई गहरा नाता हो। पानी उसे बड़ा अच्छा लगता।

कुछ दिन बाद कुसुम को फिर घाट पर नहीं देखा। भुवना और स्वर्णा घाट पर रोतीं। एक दिन सुनने में आया कि उनकी कुसी-खुशी-राक्षसी को कोई ससुराल ले गया है। वहां सब नए आदमी हैं, नया घर-द्वार है और नया ही रास्ता और घाट है। पानी के कमल को मानो कोई जमीन पर बोने ले गया हो।

धीरे-धीरे कुसुम की बात एक तरह से भूल रहा था। साल भर बीत गया। घाट की लड़कियां कुसुम की बात भी ऐसी कुछ नहीं छेड़तीं। एक दिन शाम के वक्त बहुत दिनों के परिचित पैरों के स्पर्श से सहसा मैं चौंक उठा। मालूम हुआ, शायद कुसुम के पैर हैं ये। वे ही तो हैं, पर उन पैरों में अब छड़े नहीं बजते। उन पैरों में वह संगीत नहीं है। कुसुम के पैरों का स्पर्श और छड़ों की आवाज हमेशा से दोनों को एक साथ अनुभव करता आया हूं। आज अचानक उन छड़ों की आवाज न सुनकर संध्या का जल-कल्लोल उदास-सा सुनाई पड़ने लगा। आम के बाग में पत्तों की खड़खड़ाती हुई हवा हाहाकार-सा करने लगी।

कुसुम विधवा हो गई है। सुना है, उसका पति परदेश में नौकरी करता था। दो-एक दिन के सिवा पति से उसकी अच्छी तरह भेंट भी न हो पाई थी। चिट्ठी से वैधव्य का समाचार पाकर आठ बरस की उमर में माथे का सिंदूर पोंछकर, शरीर के गहने उतारकर कुसुम फिर अपने गांव में इसी गंगा के किनारे लौट आई। पर उसकी संगिनियों में से अब यहां कोई भी नहीं रह गई। भुवना, स्वर्णा, अमला सब सास का घर संभालने चली गई हैं। सिर्फ शारदा है, पर सुनता हूं अगहन में उसका भी ब्याह हो जाएगा, फिर कुसुम बिलकुल अकेली ही रह जाएगी।

जब वह घुटनों पर सिर रखकर मेरी सीढ़ियों पर चुपचाप बैठी रहती, तब मुझे ऐसा मालूम पड़ता, मानो नदी की लहरें मिलकर हाथ उठकर उसे 'कुसी-खुशी-राक्षसी' कहकर पुकार रही हों।

बरसात शुरू होते ही गंगा जैसे देखते-देखते भर उठती है, कुसुम भी वैसे ही देखते-देखते प्रतिदिन सौंदर्य से, यौवन से भरने लगी। मगर उसके शांत स्वभाव, करुण चेहरे और मैले-मोटे कपड़ों ने उसके यौवन पर छाया का एक परदा डाल दिया है कि उसका वह खिला हुआ रूप सबके देखने में नहीं आता। इस पर किसी की दृष्टि ही नहीं जाती कि कुसुम अब बड़ी हो गई है। कम-से-कम मेरी तो नहीं जाती।

मैंने कुसुम को उस बालिका से बड़ी कभी नहीं देखा, जिसे शुरू से देखता आया हूं। उसके छड़े तो पांवों में न थे, पर जब वह चलती तो मुझे छड़ों की आवाज जरूर सुनाई देती। इसी तरह दस साल बीत गए, गांव के लोगों को कुछ मालूम ही न पड़ा।

अपने चारों तरफ आज जैसा दिन देख रहा हूं, उस साल भी भादों के अंत में ऐसा ही एक दिन आया था। तुम्हारी परदादियों ने भी उस दिन सवेरे उठकर आज की तरह ही मधुर सूर्य का मीठा उजाला

देखा था। वे जब इतना लंबा घूंघट खींचकर गागर उठाकर मेरे ऊपर सवेरे के सूर्य प्रकाश को और भी प्रकाशमय करने के लिए पेड़ों में होकर ऊंची-नीची सड़कों पर से बातें करती हुई चली आती थीं, तब तुम्हारे आज के दिन की संभावना भी उनके मन के एक कोने में न उठती थी।

आज तुम जैसे उनके बारे में नहीं सोच सकतीं कि तुम्हारी दादियां भी सचमुच एक दिन खेलती-फिरती थीं। आज का दिन जैसा सत्य है, जैसा जीता-जागता है, वह दिन भी ऐसा ही सत्य था। तुम्हारी तरह करुण हृदय लेकर सुख में, दुख में वे भी तुम्हारी ही तरह डगमगाती हुई झूली हैं। वैसे ही आज के शरद का यह दिन उनके रहित, उनके सुख-दुख की स्मृति लेशमात्र से रहित आज का यह शरद ऋतु के सूर्य किरणों का आनंदपूर्ण सौंदर्य उनकी कल्पना के सामने उससे भी अधिक अगोचर था।

उस दिन भोर से ही उत्तर की पहली हवा मंद-मंद बहती हुई खिले हुए बबूल के फूलों में से एकआध उड़ाकर मेरे ऊपर फेंक रही थी। मेरे पत्थर पर थोड़ी-थोड़ी ओस की बूंदें पड़ी हुई थीं। उस दिन सवेरे न जाने कहां से सौम्य और उज्ज्वल चेहरे वाला, गोरे बदन और लंबे कद का एक नया संन्यासी आया और मेरे सामने वाले उस शिव मंदिर में ठहर गया। संन्यासी के आने की बात गांव भर मैं फैल गई। स्त्रियां अपनी-अपनी गागर रखकर बाबाजी को प्रणाम करने के लिए मंदिर में जमा हो गईं।

मंदिर में भीड़ दिनोदिन बढ़ने लगी। एक तो संन्यासी, दूसरे उनका अनुपम रूप और उस पर वह किसी की अवहेलना नहीं करते। बच्चों को गोद में बैठा लेते और माताओं से घर के काम-धंधों की बातें पूछते। स्त्री समाज में थोड़े ही दिनों में उनकी बहुत ज्यादा प्रतिष्ठा हो गई। उनमें वे पुजने लगे।

उनके पास पुरुष भी बहुत आते। किसी दिन वे भागवत पढ़ते,

किसी दिन भगवद्गीता की व्याख्या करते, किसी दिन मंदिर में बैठकर तरह-तरह की शास्त्र चर्चा करते। उनके पास कोई उपदेश सुनने आता तो कोई मंत्र लेने और कोई रोग की दवा पूछने। उनके रूप का क्या पूछना! जान पड़ता, मानो साक्षात महादेव ही मनुष्य का शरीर धरकर अपने मंदिर में आ विराजे हों!

संन्यासी प्रतिदिन तड़के ही सूर्योदय से पहले शुक तारा को सामने रखकर गंगा के पानी में गले तक डूबकर धीर-गंभीर स्वर में संध्या वदन करते और तब मुझे पानी की तरंगों का 'कलकल' शब्द न सुनाई देता। उनके उस स्वर को सुनते-सुनते प्रतिदिन गंगा के पूरबी किनारे का आकाश गुलाबी हो उठता। बादलों के किनारे-किनारे लाल रंग की रेखाएं पड़ जातीं। अंधकार मानो खिलने वाली कली के ऊपर की पपड़ी की तरह फटकर चारों तरफ झुक जाता और आकाश सरोवर पर उषा की लाल आमी थोड़ी-थोड़ी करके निकल आती।

मुझे ऐसा लगता, मानो यह महापुरुष गंगा के पानी में खड़ा होकर पूरब की ओर दृष्टि किए जिस महामंत्र को पढ़ता जाता, उसके एक-एक शब्द के उच्चारण के साथ-साथ रात की माया दूर होती जाती। चांद और तारे पश्चिम में उतरते जाते और सूर्य पूर्वाकाश में उदित होता रहता। इस तरह दुनिया का दृश्यपट बदल जाता। यह है कौन मायावी!

गंगा स्नान करके संन्यासी जब होम शिखा के समान अपने लंबे गोरे शरीर को लिए पानी से निकलता और उसके जटाजूट से पानी झरता रहता, तब नए सूरज की किरणें उसके सारे अंगों पर पड़कर चमकती रहतीं।

इस तरह और भी कई महीने बीत गए। चैत के महीने में सूर्य ग्रहण के समय हजारों आदमी गंगा नहाने आए। बबूल के पेड़ों के नीचे बड़ी भारी पेंठ लगी। इस मौके पर संन्यासी के दर्शन के लिए भी बहुत से आदमी आए। जिस गांव में कुसुम की ससुराल थी, वहां से भी बहुत-सी औरतें आईं।

सवेरे का वक्त था, मेरी सीढ़ियों पर बैठे संन्यासी जप कर रहे थे। उन्हें देखते ही अचानक एक स्त्री अपनी साथिन का कंधा मसककर बोल उठी, ''अरी ओ, ये तो अपनी कुसुम के पति मालूम पड़ते हैं।''

एक स्त्री अपने घूंघट को जरा ऊंचा करके कहने लगी, ''अरी हां री, ये तो हमारे चटर्जियों के घर के छोटे बाबू हैं!''

एक और जो थी, वह घूंघट का इतना आडंबर न रखती थी। उसने कहा, ''हां री, वैसी ही नाक है, वैसी ही आंखें हैं।''

चौथी ने संन्यासी की तरफ बिना देखे ही गहरी सांस लेकर गागर से पानी को धक्का देकर कहा, ''हाय, वह अब कहां है! अब क्या वह कभी आएगा? कुसुम के ऐसे भाग्य कहां!''

तब फिर किसी ने कहा, ''उनके इतनी दाढ़ी नहीं थी।''

कोई बोली, ''वह ऐसे दुबले नहीं थे।''

कोई कहने लगी, ''वह इतने लंबे कहां थे?''

इस तरह बात का लगभग फैसला-सा हो गया और चर्चा जहां की तहां दब गई।

गांव के दूसरे लोगों ने भी संन्यासी को देखा था, सिर्फ कुसुम ने नहीं देखा था। ज्यादा आदमियों का मिलना-जुलना होते रहने से कुसुम ने मेरे पास आना बिलकुल छोड़ ही दिया। एक दिन संध्या के बाद पूनों का चांद आकाश में उठते देख शायद हम दोनों का पुराना संबंध उसे याद आ गया।

उस समय घाट पर और कोई नहीं था। झींगुर अपनी 'झीं-झीं' आलाप रहे थे। मंदिर के घंटा-घड़ियालों की ध्वनि भी कुछ देर पहले बंद हो गई थी। उसकी आखिरी गूंज की तरंगें क्षीणतर होकर उस पार के छायादार पेड़ों की कतार में विलीन हो गईं। धीरे-धीरे स्वच्छ चांदनी से जलीय आकाश भर गया। मेरी सीढ़ियों पर ज्वार का पानी छप-छपट करने लगा।

कुसुम आई और मेरे ऊपर अपनी छाया डालकर बैठ गई। हवा थम चुकी थी। पेड़-पौधे भी चुपकी साध गए। कुसुम के सामने है गंगा की छाती पर बेरोक-टोक फैली हुई चांदनी। अंधेरा उसके पीछे, आस-पास, पेड़-पत्तियों में, मंदिर की छाया में, टूटे-फूटे मकानों की दीवारों पर, तालाब के किनारे, ताड़ के पेड़ों के नीचे अपनी देह और मुंह छिपाए दुबककर बैठ गया है। छतिवन के पेड़ों की डालियों पर चमगादड़ लटक रहे हैं। बस्ती के पास गीदड़ों की जोरों की चीख उठी और थम गई।

संन्यासी धीरे-धीरे मंदिर के भीतर से बाहर निकल आए। घाट पर आकर दो-एक सीढ़ी उतरते ही उनकी दृष्टि कुसुम पर पड़ी। अकेली स्त्री को ऐसे एकांत स्थान पर बैठी देख वह लौटना ही चाहते थे कि सहसा कुसुम ने मुंह उठाकर पीछे की ओर देखा।

उसके सिर का कपड़ा पीछे की ओर खिसक गया। खिलते हुए फूल पर जैसे चांदनी पड़ती है, मुंह उठाते ही कुसुम के मुंह पर वैसी ही चांदनी आ पड़ी। उसी क्षण दोनों ने एक-दूसरे को देखा, मानो जान-पहचान हो गई। ऐसा लगा जैसे पहले जन्म की जान-पहचान हो।

सिर के ऊपर से उल्लू बोलता हुआ उड़ गया। उस आवाज से चौंककर कुसुम ने होश संभाला, सिर का कपड़ा खींच लिया और उठकर संन्यासी के पैरों के पास जाकर साष्टांग प्रणाम किया।

संन्यासी ने आशीर्वाद देकर उससे पूछा, "तुम्हारा नाम क्या है?"

"कुसुम!"

उस रात को फिर कोई बात न हुई। कुसुम का घर पास ही था। वह धीरे-धीरे अपने घर चली गई। उस रात को संन्यासी बहुत देर तक मेरी सीढ़ियों पर बैठे रहे। अंत में पूरब का चांद अब पश्चिम में

पहुंच गया, संन्यासी के पीछे की छाया जब सामने आ गई, तब वह उठकर मंदिर में चले गए।

अगले दिन से मैं बराबर देखा करता, कुसुम रोज आती और संन्यासी की पदधूलि ले जाती। संन्यासी जब शास्त्र व्याख्या करते, तब वह एक तरफ खड़ी होकर सब सुनती। संन्यासी प्रातः संध्या कर चुकने के बाद कुसुम को बुलाकर उसे धर्म की बातें सुनाते। सब बातें क्या कुसुम समझ सकती थी ? लेकिन वह खूब मन लगाकर चुपचाप बैठी-बैठी सब सुना करती।

संन्यासी उसे जैसा उपदेश देते, वह हू-ब-हू वैसे ही उसका पालन करती। रोज वह मंदिर का काम करती, देव-सेवा में जरा भी आलस्य नहीं करती, पूजा के लिए फूल चुनती, गंगा से पानी भरकर मंदिर धोती।

संन्यासी उसे जितनी भी बातें बताते, मेरी सीढ़ियों पर बैठकर वह उन्हीं को सोचा करती। धीरे-धीरे उसकी दृष्टि मानो दूर तक फैल गई। उसने अब तक जो देखा नहीं था, अब वह उसे देखने लगी। जो पहले नहीं सुना था, उसे अब वह सुनने लगी।

उसके शांत चेहरे पर जो एक धूमिल छाया थी, वह दूर हो गई। प्रात:कालीन सूर्य के प्राकाश में जब वह भक्ति भाव से संन्यासी के पैरों के पास आकर लोट जाती, तब वह देवता पर चढ़ाए हुए ओस से धुले पूजा के फूल के समान दिखाई देती। एक निर्मल प्रसन्नता उसके सारे शरीर को प्रकाशमय बना देती।

शीत ऋतु के आखिरी दिन थे। ठंडी-ठंडी हवा के साथ किसी-किसी दिन संध्या के समय सहसा दक्षिण से बसंत की हवा आ मिलती है और तब आकाश से ओस बिलकुल दूर हो जाती। बहुत दिन बाद गांव में बंसी बजने लगी और गीत की ध्वनि सुनाई पड़ने लगी। मल्लाह जल में नाव बहाकर डांड़ खेना बंद करके श्याम

कन्हैया के गीत गाने लगे। अचानक चिड़ियों ने इस डाली से उस डाली पर फुदक-फुदककर उल्लास से सवाल-जवाब शुरू कर दिए। ऋतु अब ऐसी ही आ गई है।

बसंत की हवा लगने से मेरे पाषाण हृदय के भीतर भी मानो कुछ-कुछ यौवन का संचार हो उठा, जिसे आकर्षित करके ही मानो मेरी लताएं और घास-पौधे देखते-देखते फूलों से लदे जा रहे हैं। इस समय, कुसुम क्यों नहीं दिखाई देती? कुछ दिन से वह मंदिर में भी नहीं आती, संन्यासी के पास भी उसे नहीं देखता।

इस बीच में हो क्या गया, मैं कुछ समझ न सका।

कुछ दिन बाद, एक संध्या के समय मेरी ही सीढ़ियों पर संन्यासी के साथ कुसुम की भेंट हुई।

कुसुम ने सिर झुकाकर कहा, ''प्रभु, आपने मुझे बुलाया था?''

''हां, तुम दिखाई क्यों नहीं देतीं? आजकल देव-सेवा में तुम इतनी लापरवाही क्यों कर रही हो?''

कुसुम चुपचाप खड़ी रही।

''मुझसे तुम अपने मन की बात खोलकर कहो।''

कुसुम ने मुंह फेरकर कहा, ''प्रभु, मैं पापिन हूं, इसीलिए ऐसी लापरवाही हो रही है मुझसे।''

संन्यासी ने अत्यंत स्नेहपूर्ण स्वर में कहा, ''कुसुम, तुम्हारे हृदय में अशांति पैदा हो गई है। मैं यह समझ रहा हूं।''

कुसुम मानो चौंक उठी। उसने शायद समझा कि संन्यासी ने न जाने कितना समझ लिया होगा। उसकी आंखें धीरे-धीरे डबडबा आईं। वह वहीं पर बैठ गई और आंचल से मुंह ढककर सीढ़ी पर संन्यासी के पैरों के पास बैठी-बैठी रोने लगी।

संन्यासी ने कुछ पीछे हटकर धीरे से कहा, ''अपनी अशांति की बात तुम मुझसे साफ-साफ कहो, मैं तुम्हें शांति का मार्ग बताऊंगा।''

कुसुम ने अटल भक्ति के स्वर में कहना शुरू किया, लेकिन बीच-बीच में रुक-रुक जाती। कहीं-कहीं बात ही न सूझती, कहने लगी, ''आपकी आज्ञा है तो मैं जरूर कहूंगी। पर, मैं अच्छी तरह कह न सकूंगी। आप तो शायद मन ही मन सबकुछ समझ रहे होंगे। प्रभु, मैं एक व्यक्ति की देवता के समान भक्ति करती थी। मैं उनकी पूजा करती थी, उस आनंद से मेरा हृदय भर गया था। एक रात को स्वप्न में देखा, मानो वह मेरे हृदय के स्वामी हैं, न जाने कहां एक वन में बैठकर अपने बाएं हाथ से मेरा दाहिना हाथ लिए मुझे वह प्रेम की बातें सुना रहे हैं। यह बात मुझे जरा भी असंभव या आश्चर्यजनक नहीं मालूम हुई। सपना टूट गया, पर उसका आवेश न गया। उसके दूसरे दिन जब उन्हें देखा, तो मैं उन्हें पहले जैसा न देख सकी। मेरे मन में बार-बार उसी सपने की तस्वीर नाचने लगी। डर से मैं दूर भाग गई, पर वह तस्वीर मेरे साथ-साथ ही रही। तभी से मेरे हृदय की अशांति दूर नहीं हो रही प्रभो! मेरा सबकुछ अंधकारमय हो गया है।''

जब कुसुम आंसू पोंछती हुई बात कह रही थी, तब मैं महसूस कर रहा था कि संन्यासी ने अपने दाहिने पैर से मेरा पत्थर जोर से दबा रखा है।

कुसुम की बात खत्म होने पर संन्यासी ने कहा, ''जिसे तुमने सपने में देखा था, वह कौन था—बताओ?''

कुसुम ने हाथ जोड़कर कहा, ''सो मैं नहीं बता सकूंगी।''

संन्यासी ने कहा, ''तुम्हारी भलाई के लिए ही पूछ रहा हूं। वह कौन है, साफ-साफ बताओ?''

कुसुम ने अपने कोमल होंठों को जोरों से दबाकर, हाथ जोड़कर कहा, ''बताना ही पड़ेगा?''

संन्यासी ने कहा, ''हां, बताना ही पड़ेगा।''

कुसुम उसी दम बोल उठी, ''तुम्हीं तो थे प्रभु!''

कुसुम के ये अपने शब्द ज्यों ही उसके कानों में पड़े, त्यों ही वह मूर्च्छित होकर मेरी गोद में गिर पड़ी। संन्यासी पत्थर की मूर्ति की तरह खड़े रहे।

बेहोशी दूर होते ही कुसुम उठकर बैठ गई। तब संन्यासी ने धीरे-धीरे कहा, ''तुमने मेरी सभी बातें मानी हैं और भी एक बात माननी होगी। मैं आज ही यहां से जा रहा हूं। मेरे साथ अब तुम्हारी कभी भी भेंट न हो सकेगी। मुझे तुम भूल जाओ। बताओ, इतनी तपस्या करोगी?''

कुसुम उठकर खड़ी हो गई और संन्यासी के मुंह की ओर देखकर धीरे-से बोली, ''प्रभो! ऐसा ही होगा।''

संन्यासी ने कहा, ''तो मैं जाता हूं।''

कुसुम ने और कुछ न कहकर उन्हें प्रणाम किया, उनके पैरों की धूल सिर से लगाई।

संन्यासी चले गए।

'वह आज्ञा दे गए हैं, उन्हें भूलना होगा!' कहती हुई कुसुम धीरे-धीरे गंगा के पानी में उतरी।

बचपन से उसने इस पानी के किनारे दिन बिताए हैं, शांति के समय यह पानी अगर हाथ बढ़ाकर उसे गोद में न लेगा तो और कौन लेगा? चांद अस्त हो गया, रात्रि घोर अंधकारमय हो गई। पानी में एक आवाज-सी सुनाई पड़ी और कुछ भी समझ में नहीं आया। अंधकार में हवा सनसनाने लगी। हवा ने शायद यह सोचकर कि किसी को कुछ दिखाई न दे जाए—मुंह से फूंककर आकाश के तारों को बुझा देना चाहा।

मेरी गोद में जो खेला करती थी, वह आज अपना खेल खत्म करके मेरी गोद से खिसक गई और मैं जान भी न पाया।

❏❏

दुर्लभ ई. साहित्य कार्नर

2

एक बरसाती कहानी

यहां से बहुत दूर, उससे भी दूर समुद्र के बीच एक द्वीप है। वहां सिर्फ ताश के बादशाह, ताश की बेगम, ताश के इक्के और ताश ही के गुलाम रहते हैं। दुरी-तिरी से लेकर नहला-दहला तक और भी अनेक गृहस्थों के घर हैं, पर उनकी शुमार ऊंची जात में नहीं।

इक्का, बादशाह और गुलामये तीन ही मुख्य वर्ण हैं, नहला-दहला आदि अंत्यज हैं। इक्का बादशाह के साथ एक पंक्ति में बैठने का उन्हें हक नहीं।

पर उनकी श्रृंखला बड़ी अच्छी है, किसकी कितनी कीमत और इज्जत है, यह बहुत पहले से ही तय हो चुका है। उसमें से जरा भी इधर-उधर नहीं हो सकता। सभी कोई निर्दिष्ट नियमानुसार अपना-अपना काम करते रहते हैं। यह चलना केवल वंशानुक्रम से अपने पूर्वजों की लकीर पर चलना मात्र है। जैसे 'अ आ इ ई' को पढ़ने वाला लड़का पट्टी पर लिखे हुए हरफों पर हाथ चलाता रहता है, वैसे ही।

इनका काम क्या है, सो विदेशियों के लिए समझना मुश्किल है। सहसा देखने से खेल मालूम देगा। सिर्फ नियम से चलना-फिरना, नियम से आना-जाना और नियम से उठना-बैठना। बस, यही काम है उनका। अदृश्य हाथ उन्हें चलाते हैं और वे चलते हैं।

उनके चेहरों पर भावों का कोई परिवर्तन नहीं होता। हमेशा से उन पर एक ही भाव की मुहर लगी हुई है, जैसे आंखें फाड़-फाड़कर

देखती हुई तस्वीर हों। बाबा आदम के जमाने से अब तक, सिर की टोपी से लेकर पैर के जूते तक, ज्यों के त्यों एक से बने हुए हैं।

किसी को भी कभी कुछ सोचना नहीं पड़ता, विचारना नहीं पड़ता, सभी कोई निर्जीव की तरह चुपचाप चला-फिरा करते हैं। गिरते समय बिना आहट के चुपके से गिर जाते हैं और स्थिर दृष्टि से चित होकर आकाश की ओर देखते रहते हैं।

किसी को कोई आशा नहीं, अभिलाषा नहीं, नए मार्ग पर चलने की चेष्टा नहीं, हंसना नहीं, रोना नहीं, संदेह नहीं, दुविधा नहीं, कुछ नहीं। पिंजरे के अंदर जैसे चिड़िया फड़फड़ाती है। इन चित्रवत् मूर्तियों के अंत:करण में वैसा किसी जीवित प्राणी के अशांत पश्चाताप जैसा कोई लक्षण नहीं दिखाई देता।

पर किसी समय इन पिंजरों में जीवों का वास था और तब पिंजरा हिलता-डुलता था, भीतर से चिड़ियों के पंखों की आवाज और चुरचुराट सुनाई पड़ती थी, गहन वन और विस्तृत आकाश की बात याद आती थी। पर अब सिर्फ पिंजरे की संकीर्णता और सिलसिले से लगी हुई लोहे की सींकों का ही अनुभव होता है। चिड़ियां उड़ गईं या हुई पड़ी हैं, यह कौन कह सकता है ?

गजब का सन्नाटा है, बड़ी शांति है। पूरा आराम है, बड़ा संतोष है। रास्ते में, घाट में, घर में, आंगन में सर्वत्र संयत वायुमंडल है। कहीं कोई शब्द नहीं, द्वंद्व नहीं, उत्साह नहीं, आग्रह नहीं, केवल रोजमर्रा के छोटे-मोटे काम हैं और थोड़ा बहुत आराम है।

समुद्र ने अविश्राम सुरतान की धुन में, तट पर हजारों फेन शुभ्र कोमल हथेलियों के आघात से समस्त द्वीपों को मीठी नींद सुला रखा है। पक्षी माता के फैले हुए नील पंखों के समान आकाश दिग्दिगंत की रक्षा कर रहा है। बहुत दूर उस पार गहरी नील रेखा के समान विदेश का आभास दीख पड़ता है। वहां से राग-द्वेष का द्वंद्व कोलाहल समुद्र पार होकर नहीं आ सकता।

2

समुद्र के उस पार, उस विदेश में किसी तिरस्कृत रानी का लड़का, एक राजकुमार रहता है। वह अपनी निर्वासित माता के साथ समुद्र के किनारे अपनी धुन में बचपन बिता रहा है।

वह अकेला बैठा-बैठा मन ही मन आशा का एक बड़ा भारी जाल बुन रहा है। उस जाल को दिशा-विदिशा में फैलाकर कल्पना से विश्व जगत के नए-नए रहस्यों को फंसाकर अपने द्वार के सामने इकट्ठा करता जाता है। उसका अशांत मन समुद्र के किनारे आकाश की सीमा पर उस दिगंत रोधी नील पर्वत माला के उस पार हमेशा विचरण करता फिरता है।

वह जानना चाहता है कि पक्षीराज घोड़ा कहां मिलता है? सर्प के मस्तक की मणि कहां मिलती है? पारिजात पुष्प और सोने-चांदी की जादू की लकड़ी कहां मिलती है? सात समुद्र, तेरह नदियों के उस पार दुर्गम दैत्य भवन में सपने की अलोक सुंदरी राजकुमारी कहां सो रही है?

राजपुत्र पाठशाला में पढ़ने जाता है। वहां से लौटकर सौदागर के बेटे से देश-विदेश की बातें और कोतवाल के बेटे से ताल-बेताल की कहानियां सुनता है। रिमझिम-रिमझिम मेह बरसता और बदलों से तमाम दिशाएं अंधकारमय हो जातीं। उस समय घर के द्वार पर मां के पास बैठकर समुद्र की ओर देखता हुआ राजपुत्र कहता, ''मां, कोई खूब दूर देश की कहानी सुनाओ न, मां!''

मां बहुत देर तक अपने बचपन में सुनी हुई किसी अपूर्व देश की अपूर्व कहानी सुनाने लगती और वर्षा के 'झरझर' शब्द के साथ उस कहानी को सुनकर राजपुत्र का मन उदास हो जाता।

एक दिन सौदागर के बेटे ने आकर राजकुमार से कहा, ''मित्र, पढ़ाई तो खत्म हो चुकी, अब कहीं देश भ्रमण के लिए जाऊंगा। तुमसे विदा लेने आया हूं।''

राजकुमार ने कहा, ''मैं भी तुम्हारे साथ चलूंगा।''

कोतवाल के बेटे के कहा, ''मुझे अकेला ही छोड़ जाओगे? मैं भी तो साथी हूं तुम्हारा?''

राजकुमार ने अपनी दु:खिनी मां से जाकर कहा, ''मां, मैं देश भ्रमण के लिए जा रहा हूं। अब तुम्हारा दुख दूर करने का उपाय कर आऊंगा।''

तीनों मित्र चल दिए।

3

समुद्र में सौदागर की बारह नावें बिलकुल तैयार खड़ी थीं। तीनों मित्र उनमें जा बैठे। दखिनी हवा से पाल भर गए और नावें राजपुत्र की मनोवासना की तरह दौड़ती हुई चलने लगीं।

शंख द्वीप में जाकर उन लोगों ने एक नाव शंखों से भरी, चंदन द्वीप में जाकर एक नाव चंदन से भरी और प्रवाल द्वीप में जाकर एक नाव प्रवालों से भरी।

उसके बाद और चार बरसों में जब गजदंत, कस्तूरी, लौंग और जायफल से और चार नावें भर गईं, तब सहसा एक बड़ा भारी तूफान उठ खड़ा हुआ।

सब नावें डूब गईं, सिर्फ एक नाव बची, जिसने तीनों मित्रों को द्वीप में बुरी तरह पटक दिया और खुद टुकड़े-टुकड़े हो गई।

उस द्वीप में ताश के इक्के, ताश के बादशाह, ताश की बेगम और ताश ही के गुलाम अपने-अपने कायदे से रहते और दहला-नहला आदि भी उनकी सेवा बजाते हुए नियमानुसार दिन काटते हैं।

4

ताश के राज्य में अब तक कोई उपद्रव नहीं था। अब पहले

पहल यहां उपद्रव शुरू हुआ। इतने दिनों के बाद यह तर्क उठा कि ये तीन आदमी, जो सहसा एक दिन शाम को समुद्र से निकलकर आए हैं। इन्हें किस वर्ग या श्रेणी में रखा जाए ?

पहले तो यह विचारणीय बात है कि इनकी जाति क्या है, इक्का, बादशाह, गुलाम या नहला-दहला ? दूसरी बात यह कि इनका गोत्र क्या है—हुक्म, पान, ईंट या चिड़ी ?

इन सब बातों के बगैर सुलझे इनके साथ किसी तरह का व्यवहार करना कठिन है। ये किनका अन्न खाएंगे, किनके साथ रहेंगे। इनमें से अधिकार भेद से कौन वायुकोण में, कौन नैर्ऋत्य कोण में, कौन ईशान कोण में सिराहना रख कर सोएगा और कौन खड़े-खड़े ? इन सब बातों का कुछ भी निर्णय नहीं हो रहा।

इस राज्य में इतनी जबरदस्त दुश्चिंता का कारण इससे पहले कभी नहीं आया। पर भूख के मारे तड़पते हुए विदेशी मित्रों को इन सब गहन विषयों की रंचमात्र भी चिंता न थी। उन्हें किसी तरह खाने-पीने को मिल जाए तो वे लाखों पा जाएं। जब देखा कि लोग उन्हें खिलाने-पिलाने में संकोच कर रहे हैं और विधि-विधान ढूंढ़ने के लिए इक्के बड़ी-बड़ी सभाएं कर रहे हैं। तब वे, जहां जो कुछ मिला, खाने-पीने लगे।

उनके इस बरताव से दुरी-तिरी तक दंग रह गईं। तिरी ने कहा, ''भाई चौआ, इनके कोई परहेज विचार नहीं है !''

दुरी ने कहा, ''बहन तिरी, इससे तो साफ मालूम पड़ता है कि ये हम लोगों से भी नीची जाति के हैं।''

खा-पीकर ठंडे होकर तीनों मित्रों ने देखा कि यहां के लोग कुछ नए ही ढंग के हैं। मानो संसार में उनकी कहीं भी जड़ नहीं है। मानो इसकी चोटी पकड़कर किसी ने इन्हें उखाड़ लिया है और ये संसार के स्पर्श के हटकर त्रिशंकु की तरह लटक रहे हैं। जो कुछ भी ये

करते हैं, मानो वह कोई दूसरा ही कर रहा है। ठीक पुतली नाच की झूलती हुई पुतलियों का-सा इनका हाल है। इसी से किसी के मुंह पर कोई भाव नहीं, कोई चिंता नहीं, सभी अत्यंत गंभीर चाल से एक ओर ही बंधे हुए नियम से चल-फिर रहे हैं। फिर भी कुल मिलाकर ये बड़े अजीब, बड़े विचित्र से लगते हैं।

चारों तरफ इस तरह की जीवित निर्जीवता का गंभीर रंग-ढंग देखकर राजकुमार आकाश की ओर मुंह उठाकर कहकहा मार के हंस पड़ा और उसकी वह आंतरिक कुतूहलपूर्ण उच्च हास्य ध्वनि ताश राज्य के सुनसान मार्ग में बड़ी विचित्र सुनाई दी। यहां के सभी लोग ऐसे सुगंभीर हैं कि कुतूहल अपने अकस्मात निकले हुए उच्छृंखल शब्द से आप ही चकित हो गया, म्लान होकर बुझ गया और चारों तरफ का लोकप्रवाह पहले से कहीं दूना स्तब्ध और गंभीर मालूम होने लगा।

दोनों मित्रों ने व्याकुल होकर राजकुमार से कहा, ''मित्र, इस निरानंद भूमि पर अब तो एक क्षण भी नहीं रहा जा सकता। यहां और दो-चार दिन रह गए तो बीच-बीच में अपने को छू-छूकर देखना पड़ेगा कि जिंदा हैं या मर गए!''

राजकुमार ने कहा, ''नहीं भाई, मुझे बड़े मजे आ रहे हैं। देखने में ये आदमी जैसे लगते हैं, पर इनमें एकआध बूंद जीवित वस्तु भी है या नहीं, एक बार हिला-डुलाकर देख तो लेना चाहिए।''

5

कुछ समय इसी तरह बीत गया। मगर ये तीनों विदेशी युवक वहां के किसी नियम के जाल में नहीं फंसे। वहां जब जिस समय उठना, बैठना, मुंह फेरना, चित होना, औंधे होना, सिर हिलाना, कलाबाजी खाना चाहिए, ये उनमें से कोई भी काम न करते, बल्कि

मजे ले-लेकर देखते और हंसते रहते। यह बात कभी उनके दिमाग में भी न आती कि यहां के इन विधिविहित असंख्य क्रियाकलापों में कोई गंभीरता भी हो सकती है।

एक दिन इक्का, बादशाह और गुलाम ने आकर राजपुत्र, कोतवाल के लड़के और सौदागर के बेटे से, फूटे बरतन की तरह बजकर बड़ी गंभीरता से पूछा, ''तुम लोग नियम के माफिक क्यों नहीं चलते?''

तीनों मित्रों ने उत्तर दिया, ''हमारी तबीयत?''

ताश राज्य के अधिनायक ने बड़े आश्चर्य के साथ, मानो सपने से जागकर पूछा, ''तबीयत! वह ससुरी कौन-सी बला है?''

पहले तो किसी भी तरह उनकी समझ ही में न आया कि तबीयत क्या चीज है, पर बाद में धीरे-धीरे समझ गए। वे प्रतिदिन देखने लगे कि इस तरह न चलकर उस तरह चलना भी संभव है, जैसे 'इधर' है, वैसे 'उधर' नाम की भी कोई चीज है। विदेश से तीनों जीते जागते दृष्टांतों ने आकर समझा दिया कि विधान की चारदीवारी के भीतर की मनुष्य की संपूर्ण स्वाधीनता की सीमा नहीं है। इसी तरह वे आगे चलकर 'तबीयत' नाम की एक राजशक्ति के प्रभाव को अस्पष्ट रूप से अनुभव भी करने लगे।

ज्यों ही राजशक्ति का उन्हें अनुभव हुआ, त्यों ही ताश राज्य इस छोर से लेकर उस छोर तक कुछ-कुछ हिल उठा और सोए पड़े बड़े भारी अजगर की बहुत-सी कुंडलियों के अंदर जिस तरह अत्यंत मंद गति से जागरण संचरण करता है, उस तरह उसमें जागरण शुरू हो गया।

6

इतना सबकुछ होते हुए भी निर्विकार मूर्ति बेगमों ने अब तक किसी की ओर आंख उठाकर नहीं देखा, चुपचाप बिना किसी घबराहट

के वे अपना काम कर रही थीं। एक दिन वसंत की संध्या को इनमें से एक ने अचानक चकित होकर अपनी आंखों की काली-काली बरौनियों को ऊपर उठाकर राजपुत्र की ओर मुग्ध और कटाक्षपूर्ण नेत्रों से देखा।

राजपुत्र चौंक उठा बोला, ''अरे, यह क्या! मैंने तो समझा था कि संगमरमर की मूर्ति हैं! सो बात तो नहीं, यह तो नारी है!''

फिर अपने दोनों मित्रों को एकांत में ले जाकर राजपुत्र ने कहा, ''भई, इनमें तो बड़ा माधुर्य है, बड़ी मिठास है। देखो न, इनकी भावुकतापूर्ण स्निग्ध सजल काली-काली आंखें तो देखो! इनके पहले ही कटाक्ष से मुझे तो ऐसा मालूम हुआ कि मैंने किसी नई दुनिया में आकर प्रथम उषा का उदय देखा! अहा, इतने दिनों तक धीरज के साथ रहना हमारा आज सार्थक हुआ।''

दोनों मित्र बड़े कुतूहल के साथ हंसते हुए बोले, ''सचमुच!''

और उधर वह पान की बेगम आए दिन अपने नियमों को भूलने लगी। उसे अब जहां हाजिर होना चाहिए, सो न होकर वह बार-बार सबकुछ भूल जाने लगी। मान लो, जब उसे गुलाम के बगल में पंक्तिवार खड़ा होना चाहिए, तब वह सहसा राजपुत्र के बगल में जाकर खड़ी हो जाती और तब गुलाम दृढ़ और गंभीर स्वर में कह उठता, ''बीवी, तुम भूल गईं?''

सुनकर पान की बेगम के गुलाबी गाल और भी सुर्ख हो उठते, उसकी निर्निमेष दृष्टि नीचे को झुक जाती।

राजपुत्र उत्तर देता, ''कुछ भूल नहीं हुई, आज से मैं ही गुलाम हूं।''

तुरंत खिले हुए रमणी हृदय से यह क्या अपूर्व शोभा निकलने लगी। यह कैसा अचिंतनीय लावण्य विकसित होने लगा! उसकी गति में यह कैसी सुमधुर चपलता है, उसकी निगाहों में यह कैसी मधु

की तरंगें हैं, उसके सारे अस्तित्व से यह कैसा एक तरह का सुगंधिमय अनुराग और व्यथा का उच्छ्वास उच्छ्वसित हो रहा है!

इस नवीन अपराधिनी की भूल सुधारने की तरफ ध्यान देते हुए अब तो और सबसे गलतियां होने लगीं। इक्का अपने समीचीन मान की रक्षा करना भूल गया। बादशाह और गुलाम में अब कोई भेद भाव न रहा, नहला-दहला भी न जाने कैसे हो गए।

इस पुराने द्वीप में वसंत की कोयल बहुत बार बोली है, पर अबकी बार जैसी बोली है वैसी शायद पहले कभी नहीं बोली। समुद्र हमेशा से एक ही तरह का स्वर अलापता आ रहा है, शुरू से लेकर अब तक वह सनातन विधान की अलंघनीय महिमा ही एक स्वर में गाता आया है, पर आज वह सहसा दखिनी हवा से चंचल विश्वव्यापी यौवन तरंगों की तरह प्रकाश और छाया में, भाव और भाषा में, अपनी अथाह आकुलता व्यक्त करने की कोशिश करने लगा।

7

क्या यही वह इक्का है, यही वह बादशाह है, यही वह गुलाम है? कहां गए वे परिपुष्ट पुरितुष्ट गोल-मटोल सुंदर चेहरे? आज तो कोई आकाश की ओर देख रहा है तो कोई समुद्र के किनारे बैठा न जाने क्या सोच रहा है, किसी को रात में नींद नहीं आती तो किसी को भोजन नहीं रुचता।

किसी के चेहरे पर ईर्ष्या है तो किसी के अनुराग, किसी के चेहरे पर व्याकुलता है तो किसी के संशय। कहीं हंसी है तो कहीं रोग, कहीं विषाद है तो कहीं संगीत। आज सभी एक बार अपनी तरफ और एक बार दूसरे की तरफ देख रहे हैं, सभी अपने साथ दूसरों की तुलना कर रहे हैं।

इक्का सोच रहा है कि नौजवान बादशाह वैसे देखने में तो बुरा

नहीं है, पर उसके चेहरे पर खूबसूरती नहीं, मेरे चाल-चलन के अंदर ऐसी एक महानता है कि किसी-किसी खास व्यक्ति की निगाह मेरी तरफ खिंचे बिना रह ही नहीं सकती।

बादशाह सोच रहा है कि इक्का हमेशा बड़े मिजाज से गरदन टेढ़ी किए इठलाता रहता है, वह समझता है कि 'उसे देखकर बेगमों की छाती फटती होगी!' मन ही मन यह कहता हुआ वह जरा तिरछी हंसी हंसकर दर्पण में अपना मुंह देख लेता।

देश भर में जितनी भी बेगम थीं, सबकी सब खूब श्रृंगार करतीं और आपस में एक दूसरी से कहतीं, "बस अब रहने भी दो! गर्विता नायिका के लिए इतनी सज-धज की धूम क्यों? तेरा रंग-ढंग देखकर मुझे तो शरम आती है!" और फिर पहले से दूने उत्साह और उद्यम से अपने हाव-भाव फैलाती रहतीं।

कहीं दो सखा तो कहीं दो सखियां मिलकर गलबहियां डाले एकांत में बैठी आपस में गुप्त बातचीत करती रहतीं। कभी हंसती तो कभी रोतीं, कभी गुस्सा होतीं तो कभी रूठ जातीं और पीछे से फिर मनाती फिरतीं।

युवकगण सड़क के किनारे, वन की छाया में, पेड़ों की जड़ से पीठ टेके सूखे पत्तों पर पैर पसारे आलस में बैठे रहते। नवयुवतियां सुनील वस्त्र पहने उस छाया-पथ से अपनी धुन में चलती हुई वहां आकर निगाहें नीची करके इस तरह आंखें फेर लेतीं, जैसे किसी को उन्होंने देखा ही नहीं, मानो यहां वे किसी को दिखाई देने नहीं आईं। ऐसा हाव-भाव दिखलाती हुई वहां से निकल जातीं।

उनकी इन शरारतों को देखकर कोई-कोई पागल युवक दुस्साहस की लकड़ी टेकता हुआ जल्दी-जल्दी कदम रखता हुआ किसी एक के पास पहुंच जाता और मन के पसंद की एक भी बात जब उसे याद न आती तो शर्मिंदा होकर खड़ा रहा जाता। इस तरह अनुकूल अवसर

उसके हाथ से निकल जाता और तरुणी भी अतीत क्षण की तरह क्रमशः दूर जाकर विलीन हो जाती।

सिर पर चिड़ियां बोलती रहतीं, वसंत की हवा आंचल और अलकें उड़ाती हुई सनसनाती चली जाती, पेड़ों के पत्ते 'झर-झर,' 'मर-मर' शब्द करते रहते और समुद्र उन तरुण-तरुणियों के हृदय की अव्यक्त इच्छाओं को अपनी लगातार उठती हुई लहरों और ध्वनियों को झूले में बैठाकर तेजी से बढ़ाता रहता। किसी एक वसंत में तीन विदेशी युवकों ने आकर सूखी गंगा में ऐसा ही एक भारी तूफान खड़ा कर दिया।

8

राजकुमार ने देखा कि ज्वार-भाटा के उतार-चढ़ाव में सारा देश स्तंभित हो गया है। किसी के मुंह पर कोई बात नहीं, सिर्फ एक दूसरे का मुंह ताकना, एक कदम बढ़ना और दो कदम पीछे हटना, अपने मन की वासनाओं का ढेर लगाकर बालू के महल चिनना और तोड़ना। सभी अपने घर के एक कोने में बैठे अपनी ही अग्नि में अपनी आहुति दे रहे हैं। दिनोदिन वे दुबले-पतले कमजोर और खामोश से होते जा रहे हैं। सिर्फ उनकी आंखें ही आंखें जल रही हैं। मन की बात होंठों तक आकर उन्हें इस तरह कंपाकर रह जाती है, जैसे नए पेड़ के कोमल पत्ते हवा से कांपते हैं।

राजपुत्र ने सबको बुलाकर कहा, ''बांसुरी लाओ, तुरही-भेरी बजाओ, सब मिलकर आनंद ध्वनि करो, पान की बीबी स्वयंवरा होंगी आज!''

उसी समय नहले-दहले ने अपनी-अपनी बांसुरी बजाना शुरू कर दिया, दुरी-तिरी तुरही-भेरी लेकर तैनात हो गईं। अचानक उस तरह की आनंद तरंग से पहले की वह कानाफूसी और मुंह देखा-देखी सब बंद हो गई।

आनंद उत्सव में स्त्री-पुरुष सब एक साथ मिलकर कितनी बातें, कितनी हंसी, कितने मजाक करने लगे, मसखरी-मसखरी में कितनी मन की बातें कहीं, व्यंग्य ही व्यंग्य में कितनी नाराजगी और अविश्वास जाहिर किया, उच्च हास्य में कितनी तुच्छ बातें होती रहीं, कोई ठीक है! घने जंगल में जोरों की हवा चलने पर जैसे शाखाओं-शाखाओं और पत्तों-पत्तों में, लताओं-लताओं और पेड़ों-पेड़ों में परस्पर नाना प्रकार से हिलना-डुलना, मिलना-जुलना होता रहता है, इनमें भी वैसा ही होने लगा।

ऐसे कोलाहल और आनंदोत्सव में बांसुरी सवेरे से ही बड़े मीठे सुर में शहाना रागिनी गाने लगी है। आज के इस आनंद में गंभीरता का, मिलन में व्याकुलता का, विश्व दृश्य में सुंदरता का और दृश्य में प्रीति की वेदना का संचार होने लगा। जो अच्छी तरह प्रेम नहीं करते थे, वे खूब प्रेम करने लगे और जो खूब प्रेम करते थे, वे मारे आनंद के उदास हो गए।

पान की बीबी रंगीन कपड़े पहनकर तमाम दिन एक गुप्त छाया-कुंज में बैठी रही। उसके कानों में भी दूर से शहाना की तान पहुंच रही थी और आंखें उसकी मुंदी जाती थीं। सहसा उसने आंखें खोलकर देखा कि सामने राजपुत्र बैठा हुआ उसके मुंह की तरफ देख रहा है। उसे कंपकंपी आ गई, दोनों हाथों से अपना मुंह ढककर वह जमीन पर धूल में लोट गई।

राजपुत्र दिनभर अकेले समुद्र के किनारे घूमता हुआ उसकी विह्वल दृष्टि और लज्जा के मारे जमीन पर लोटने की बात की मन ही मन आलोचना करने लगा। रात को सैकड़ों-हजारों दीपों के प्रकाश में, मालाओं की सुगंध में, बांसुरी की धुन में, वस्त्र और अलंकारों से सुसज्जित मचलते-हंसते हुए युवकों की सभा में एक तरुणी कंपित चरणों से माला हाथ में लिए आई और धीरे-धीरे राजपुत्र के सामने आकर मस्तक झुकाकर खड़ी हो गई।

पर अभिलषित कंठ तक न उसकी माला पहुंची और न अभिलषित मुंह की ओर वह आंख उठाकर निहार ही सकी। उसकी दशा देखकर राजपुत्र ने स्वयं ही सिर झुका दिया और माला स्वयंवरा के हाथ से स्खलित होकर उसके कंठ में आ पड़ी। चित्रवत निस्तब्ध सभा सहसा एक अपूर्व आनंदोल्लास से गूंज उठी। सबने वर-वधू को बड़े आदर के साथ सिंहासन पर बैठाया, फिर सबने मिलकर राजपुत्र का राज्याभिषेक किया।

इसके कई दिन बाद समुद्र पार की निर्वासित दुखिया रानी सोने की नाव पर बैठकर अपने पुत्र के नवीन राज्य में आ गईं।

तस्वीरों का गुट सहसा आदमी बन गया। अब यहां पहले की तरह अविच्छिन्न शांति और अपरिवर्तनीय गंभीरता नहीं है। संसार प्रवाह ने अपने सुख-दुख, राग-द्वेष, संपद-विपद के साथ-साथ इस नवीन राजा के नए राज्य को परिपूर्ण और हरा-भरा कर डाला है। अब यहां कोई अच्छा है तो कोई बुरा, किसी को विषाद है तो किसी को कुछ, सब तरह के आदमी हैं। अब सब अलंघ्य विधि-विधान के अनुसार निरीह नहीं, बल्कि अपनी इच्छा के अनुसार सज्जन और दुर्जन हैं।

❏❏

3

दुलहिन

बहुत पुरानी बात है। बचपन में जिस स्कूल में मैं पढ़ता था उसमें नीचे के दरजों में पंडित शिवनाथ से हम लोग पहाड़ा पढ़ा करते थे। उनकी दाढ़ी-मूंछें सफाचट, सिर के बाल जड़ तक छंटे हुए और उस पर छोटी-सी चोटी शोभा पाया करती थी। उन्हें देखते ही लड़कों के प्राण सूख जाते थे।

प्राणियों में अकसर यह बात देखने में आती है कि जिनके डंक हैं उनके दांत नहीं होते। पर हमारे पंडितजी में दोनों बातें एक ही साथ मौजूद थीं। एक ओर थप्पड़-घूंसे हम पौधों पर ओलों की तरह बरसते, तो दूसरी ओर कठोर वचन सुनकर सबको छठी की याद आ जाती।

पंडितजी को इस बात का अफसोस था कि 'पुराने जमाने की तरह गुरु-शिष्य का संबंध अब नहीं रहा, विद्यार्थी अब देवता के समान गुरु की भक्ति नहीं करते।' इस तरह अपना अफसोस जाहिर करके वह अपनी उपेक्षित देव महिमा को बालकों के सिर पर जोरों से पटक दिया करते और कभी-कभी गहरी हुंकार भरते, पर उसके भीतर इतनी ओछी बातें मिली रहतीं कि उसे देवता के वज्रनाद का रूपांत समझ लेने में किसी को भ्रम नहीं हो सकता।

कुछ भी हो, हमारे स्कूल का कोई भी लड़का इस तीसरे दरजे के दूसरे विभाग के देवता को इंद्र, चंद्र, वरुण अथवा कार्तिक न समझता

था, सिर्फ एक ही देवता के साथ उनकी तुलना होती थी, जिनका नाम यमराज है और इतने दिनों बाद, अब तो यह मानने में कोई दोष ही नहीं और न डर है कि हम लोग मन ही मन चाहते थे कि उक्त देवालय से प्रस्थान करने में अब वह ज्यादा देर न करें तो अच्छा है।

पर इतना तो अच्छी तरह समझ लिया गया था कि नर देवता के समान दूसरी बला नहीं। सुरलोक वासी देवता उपद्रव नहीं करते। पेड़ से एक फूल तोड़कर चढ़ा देने से वे खुश हो जाते हैं और न दो तो तकाजा नहीं करते। पर हमारे पंडित देवता बहुत अधिक की आशा रखते थे और हमसे जरा भी गलती हो जाती, तो लाल-लाल आंखें निकालकर मारने दौड़ते थे। उस समय वह किसी भी तरफ से देवता जैसे नहीं दिखाई देते।

लड़कों को तकलीफ देने के लिए हमारे शिवनाथ पंडित के पास एक अस्त्र था, जो सुनने में मामूली, पर वास्तव में बहुत खतरनाक था। वह लड़कों के नए-नए नाम रखा करते थे। नाम यद्यपि शब्द के सिवा और कुछ नहीं, पर आदमी अपने से अपने नाम को ज्यादा चाहता है। अपने नाम की प्रसिद्धि के लिए लोग क्या-क्या कष्ट नहीं सहा करते? यहां तक कि नाम की रक्षा के लिए लोग मरने में भी नहीं हिचकिचाते।

नाम पर मिटने वाले मानव के नाम को विकृत कर देना उसकी जान से भी प्यारी जगह पर चोट पहुंचाना है। और तो क्या, जिसका नाम भूतनाथ है उसे अगर नलिनकांत कहा जाए, तो उसके लिए भी वह असह्य है।

इससे एक खास तत्व की जानकारी होती है, वह यह कि आदमी चीज की अपेक्षा नाचीज को ज्यादा कीमती समझता है। सोने की अपेक्षा बात को, प्राणों की अपेक्षा मान को और अपने से अपने नाम को बड़ा मानता है।

मानव स्वभाव के इन अंतर्निहित गूढ़ नियमों के वशीभूत होकर पंडितजी ने जब शशिशेखर का नाम 'छछूंदर' रख दिया तब वह बहुत ही दुखी हुआ। खासकर इसलिए उसकी मर्मव्यथा और भी बढ़ गई कि उक्त नामकरण की वजह से उसके चेहरे पर खासतौर से गौर किया जाता है, फिर भी अत्यंत शांत भाव से, सब सहते हुए, उसे चुपचाप बैठा रहना पड़ा।

पंडितजी ने आशुतोष का नाम रखा था 'दुलहिन' और इस नाम के साथ थोड़ा-सा इतिहास भी है।

आसू अपने दरजे में बहुत ही सीधा सादा और भोला-भाला लड़का था। वह हमेशा चुप बना रहता, लड़ना-झगड़ना उसकी जन्मपत्री में ही नहीं लिखा था, बड़ा झेंपू था। उमर में भी शायद वह सबसे छोटा था, सभी बातें सुनकर मुस्करा देता था, पर पढ़ता खूब था। स्कूल के बहुत से लड़के उसके साथ मित्रता करने के लिए उत्सुक थे, पर वह किसी के साथ खेलता न था। छुट्टी होते ही तुरत-फुरत घर चला जाता।

दोपहर को एक बजे के करीब उसके घर की महरी दोने में कुछ मिठाई और छोटे-से गिलास में पानी लेकर आया करती। आसू को इसके लिए बड़ी शर्म मालूम होती, वह चाहता कि महरी किसी तरह लौट जाए तो मानो वह बच जाए। वह नहीं चाहता था इस बात को कोई जाने कि स्कूल के छात्र के अलावा वह और कुछ है। मानो यह उसके लिए बहुत ही छिपाने की बात थी कि वह घर का कोई है, अपने मां-बाप का लड़का है, भाई-बहनों का भाई है, इस विषय में हमेशा उसकी यही कोशिश रहती कि कोई लड़का उसकी कोई भी बात जान न ले।

पढ़ने-लिखने में उसकी कोई गलती न होती थी, सिर्फ किसी-किसी रोज स्कूल जाने में जरा देर हो जाया करती थी। शिवनाथ

पंडित जब उससे कारण पूछते, तो वह उसका कोई उत्तर न दे सकता था। इसके लिए कभी-कभी उसे बड़ी फटकार सहनी पड़ती थी। पंडितजी उसे घुटनों पर हाथ रखकर पीठ नीची करके दालान की सीढ़ियों पर खड़ा कर देते थे और चारों दरजों के लड़के उस झेंपू लड़के को उस हालत में देखा करते थे।

एक दिन ग्रहण की छुट्टी थी। उसके दूसरे दिन, स्कूल में बैठे हुए पंडितजी ने देखा कि एक सिलेट और स्याही लगे बस्ते में पढ़ने की किताबें लपेटे हुए, और दिन की अपेक्षा बहुत संकुचित भाव से, आसू क्लास में घुस रहा है।

शिवनाथ पंडित ने सूखी हंसी हंसते हुए कहा, ''अच्छा, दुलहिन आ गई क्या?''

पढ़ाई खत्म होने पर, छुट्टी होने के पहले, उन्होंने सब लड़कों को संबोधन करके कहा, ''सुनो रे, सब कोई सुनो!''

पृथ्वी की सारी मध्याकर्षण शक्ति जोरों से बालक को नीचे की ओर खींचने लगी, फिर भी छोटा-सा आसू अपनी बेंच पर धोती का एक ठोक और दोनों पैर लटकाकर, सब लड़कों का लक्ष्य बनकर बैठा रहा। अब तक तो आसू की काफी उम्र हुई होगी और उसके जीवन में बहुत से भारी-भारी सुख-दुख लज्जा के दिन आए होंगे, पर उस जैसे नहीं, हालांकि बात बहुत छोटी-सी है और दो शब्दों में खत्म हो जाती है, फिर भी यह तो मानना ही पड़ेगा कि उसमें एक रस है। आसू की एक छोटी बहन थी, उसके बराबर की कोई साथिन या बहन न थी, इसलिए आसू के साथ वह खेला करती थी।

लोहे की रेलिंग से घिरा हुआ गेट वाला आसू का मकान है, सामने गाड़ी ठहरने के लिए दालान है। उस दिन खूब वर्षा हो रही थी। जूता हाथ में लिए, सिर पर छतरी ताने, जो दो-चार आदमी सामने से जा रहे थे, उन्हें किसी भी ओर ताकने की फुरसत न थी।

बादलों के उस अंधकार में, वर्षा के झम-झम-झम शब्द में, तमाम दिन की छुट्टी में दालान की सीढ़ियों पर बैठा आसू अपनी बहन के साथ खेल रहा था।

उस दिन उनके गुड्डा-गुड़िया का ब्याह था। उसी की तैयारी के बारे में आंसू अत्यंत गंभीरता के साथ अपनी बहन को उपदेश दे रहा था।

अब सवाल उठा कि पुरोहित किसे बनाया जाए? बालिका चट से दौड़ी गई और एक आदमी से पूछने लगी, ''क्यों जी, तुम हम लोगों के पुरोहित बनोगे!''

आसू ने पीछे मुंह फेरकर देखा कि शिवनाथ पंडित अपनी भीगी छतरी समेटे पानी से तरबतर बरामदे में खड़े हैं। रास्ते से जा रहे थे, बारिश ज्यादा होने से यहां ठहर गए हैं। बालिका उन्हें पुरोहित बनने के लिए आग्रह कर रही है।

पंडितजी को देखते ही आसू अपने खेल और बहन दोनों को छोड़-छाड़कर एक दौड़ में मकान के अंदर भाग गया। उसका छुट्टी का दिन बिलकुल ही मिट्टी में मिल गया।

दूसरे दिन शिवनाथ पंडित ने जब सूखी हंसी के साथ भूमिका के रूप में इस घटना का उल्लेख कर आसू का नाम 'दुलहिन' रख दिया, तब उसने पहले जैसे सभी बातों में मुस्करा देता था वैसे ही मुस्कराकर, अपने चारों तरफ की हंसी में शामिल होने की कोशिश की, इतने में घंटा बज गया, सब दरजों के लड़के बाहर चले गए और दोने में थोड़ी-सी मिठाई और चमकते हुए फूल के गिलास में पानी लिए महरी दरवाजे पर आ खड़ी हुई।

उस समय हंसते-हंसते उसका मुंह और कान सुर्ख हो उठे, व्यथित ललाट की नसें फूल उठीं और वेग से निकलते हुए आंसू रोके न रुक सके।

पंडितजी आरामघर में जलपान करके निश्चिंत हुक्का पीने लगे। लड़के बड़े आनंद से आसू को घेरकर 'दुलहिन' 'दुलहिन' कहकर हल्ला मचाने लगे। छुट्टी के दिन का अपनी छोटी बहन के साथ खेला हुआ वह खेल आसू की दृष्टि में अपने जीवन का एक सबसे बढ़कर लज्जाजनक भ्रम मालूम होने लगा, उसे विश्वास न हुआ कि दुनिया के आदमी कभी भी उस दिन की बात को भूल जाएंगे।

❑❑

4

तिनके का संकट

जमींदार के नायब गिरीश बसु के अंत:पुर में प्यारी नाम की एक दासी काम में लगी। उसकी उम्र भले ही कम थी, पर स्वभाव अच्छा था। दूर पराए गांव से आकर कुछ दिन काम करने के बाद ही एक दिन वह वृद्ध नायब की प्रेम दृष्टि से आत्मरक्षा के लिए मालकिन के पास रोती हुई हाजिर हुई।

मालकिन बोलीं, ''बेटी, तू दूसरी जगह चली जा। तू तो अच्छे घर की लड़की है। यहां रहने पर तुझे परेशानी होगी।'' फिर चुपचाप कुछ पैसे देकर उसे विदा कर दिया।

पर भागना इतना आसान नहीं था। हाथ में राह-खर्च भी थोड़ा था, इसलिए प्यारी ने गांव में हरिहर भट्टाचार्य महाशय के घर पर आश्रय लिया।

उनके समझदार बेटों ने कहा, ''बाबूजी, क्यों नाहक विपत्ति मोल ले रहे हैं।''

हरिहर ने उत्तर दिया, ''विपत्ति स्वयं आकर आश्रय मांगे तो उसे लौटाया नहीं जा सकता, बेटे!''

गिरीश वसु ने साष्टांग दंडवत करते हुए कहा, ''भट्टाचार्य महाशय, आपने मेरी नौकरानी क्यों फुसला ली? घर में काम की बड़ी असुविधा हो रही है।''

उत्तर में हरिहर ने दो-चार खरी बातें कड़े स्वर में कहीं। वह

सम्मानित व्यक्ति थे, किसी की खातिर कोई बात घुमा-फिराकर कहना नहीं जानते थे। नायब मन ही मन पर निकली चींटी के साथ उनकी तुलना करता चला गया। जाते वक्त बड़े आडंबर के साथ उनकी चरण-धूलि ली।

दो-चार दिनों बाद ही भट्टाचार्य के घर पर पुलिस आ धमकी। गृहस्वामिनी के तकिए के नीचे से नायब की पत्नी के कानों पर एक जोड़ा झुमका मिला। दासी बेचारी चोर प्रमाणित होकर जेल चली गई। भट्टाचार्य महाशय को अपने देश प्रसिद्ध दबदबे के जोर पर चोरी के माल के संरक्षण के अभियोग से मुक्ति मिली। नायब ने फिर ब्राह्मण की चरण धूलि ली। उनके मन में कांटा चुभा रहा।

उनके बेटों ने कहा, "जमीन-जायदाद बेचकर कलकत्ता चलें, यहां बड़ी मुश्किल नजर आ रही है।"

हरिहर ने उत्तर दिया, "पैतृक घर मुझसे छोड़ा नहीं जाएगा। भाग्य में बदी होने पर विपत्ति कहां नहीं आती?"

इसी बीच गांव में नायब द्वारा अत्यधिक कर वृद्धि की कोशिश मैं रैयत विद्रोही हो उठी। हरिहर की सारी जमीन माफी की थी, जमींदार से उसका कोई सरोकार नहीं था। नायब ने अपने मालिक को जतलाया, हरिहर ने ही रैयतों को आश्रय देकर विद्रोही बना दिया है।

जमींदार ने कहा, "जैसे भी हो भट्टाचार्य को ठीक करो।"

नायब भट्टाचार्य की चरण-धूलि लेकर बोला, "सामने वाली जमीन परगना की सीमा में है, उसे तो छोड़ना होगा।"

हरिहर ने कहा, "यह क्या कह रहे हो? वह तो मेरी बहुत दिनों की दान की जमीन है।"

हरिहर के आंगन से लगी पैतृक जमीन को जमींदार के परगने में बताकर नालिश दायर कर दी गई।

हरिहर बोले, "तब तो इस जमीन को छोड़ना पड़ेगा। मैं तो बुढ़ापे में अदालत में गवाही देने नहीं जा सकूंगा।"

उनके बेटों ने कहा, ''घर से लगी पैतृक जमीन ही यदि छोड़नी पड़े तो फिर घर में कैसे टिका जाएगा?''

वृद्ध पैतृक घर के प्राणाधिक मोह में कांपते डग से अदालत में गवाह के कठघरे में जाकर खड़े हुए। मुंसिफ नवगोपाल बाबू ने उनकी गवाही सही मान मुकदमा खारिज कर दिया। गांव में भट्टाचार्य के खास रैयतों ने इसे लेकर बड़े धूमधाम से उत्सव-समारोह शुरू कर दिया।

हरिहर ने जल्दी से उन्हें रोका।

नायब ने आकर विशेष आडंबर के साथ भट्टाचार्य की चरण धूलि-ली और सारी देह और सिर माथे लगाई और फिर अपील दायर कर दी।

वकील लोग हरिहर से पैसा नहीं लेते थे। वे ब्राह्मण को बार-बार आश्वासन देते। इस मुकदमे में हारने की कोई संभावना नहीं है। दिन भी क्या कभी रात हो सकती है? यह सुनकर हरिहर निश्चिंत होकर बैठ रहे।

एक दिन जमींदार की कचहरी में ढाकढोल बज उठे। पाठे की बलि के साथ नायब के मकान में काली मैया की पूजा होगी। भला बात क्या है? भट्टाचार्य को खबर मिली कि अपील में उनकी हार हुई है।

दिन कैसे रात हुई! बसंत बाबू ने इसका गूढ़ वृत्तांत इस तरह बतलाया, ''हाल ही में जो नए एडीशनल जज होकर आए हैं, मुंसिफ नवगोपाल बाबू के साथ उनकी बड़ी खटपट थी। उस समय वह कुछ नहीं कर पाए। आज जजी की कुरसी पर बैठकर नवगोपाल बाबू की दी हुई राय को देखते ही उसे उन्होंने पलट दिया। इसलिए आप हार गए।''

आकुल हरिहर ने पूछा, ''हाईकोर्ट में क्या इसकी कोई अपील नहीं?''

बसंत बाबू ने उत्तर दिया, ''जज बाबू ने अपील से फल पाने की संभावना तक नहीं छोड़ी है। उन्होंने आपके गवाह पर संदेह प्रकट किया और विरोधी पक्ष के गवाह का विश्वास किया। हाईकोर्ट में तो गवाह पर विचार नहीं होगा।''

वृद्ध ने आंखों में आंसू भरकर पूछा, ''फिर मेरे लिए कोई उपाय?''

वकील बोले, ''उपाय तो एक भी नजर नहीं आता।''

दूसरे दिन गिरीश बसु ने लोगों के साथ आकर समारोह के साथ ब्राह्मण की चरण-धूलि ली और जाते हुए उच्छ्वसित गहरी सांस के साथ कहा, ''प्रभु, जैसी तुम्हारी इच्छा!''

❏❏

5

अंतिम प्यार

आर्ट स्कूल के प्रोफेसर मनमोहन बाबू घर पर बैठे मित्रों के साथ मनोरंजन कर रहे थे, ठीक उसी समय योगेश बाबू ने कमरे में प्रवेश किया।

योगेश बाबू अच्छे चित्रकार थे, उन्होंने अभी थोड़े समय पूर्व ही स्कूल छोड़ा था। उन्हें देखकर एक व्यक्ति ने कहा, ''योगेश बाबू! नरेंद्र क्या कहता है, आपने सुना कुछ?''

योगेश बाबू ने आराम कुर्सी पर बैठकर पहले तो एक लम्बी सांस ली, पश्चात् बोले, ''क्या कहता है?''

नरेंद्र कहता है, ''बंग-प्रांत में उसकी कोटि का कोई भी चित्रकार इस समय नहीं है।''

''ठीक है, अभी कल का छोकरा है न। हम लोग तो जैसे आज तक घास छीलते रहे हैं। झुंझलाकर योगेश बाबू ने कहा।

जो लड़का बातें कर रहा था, उसने कहा, ''केवल यही नहीं, नरेंद्र आपको भी सम्मान की दृष्टि से नहीं देखता।''

योगेश बाबू ने उपेक्षित भाव से कहा, ''क्यों, कोई अपराध!''

''वह कहता है, आप आदर्श का ध्यान रखकर चित्र नहीं बनाते।''

''तो किस दृष्टिकोण से बनाता हूं?''

''दृष्टिकोण...?''

''रुपये के लिए।''

योगेश बाबू ने एक आंख बंद करके कहा, ''व्यर्थ!'' फिर आवेश में कान के पास से अपने अस्त-व्यस्त बालों की ठीक कर बहुत देर तक मौन बैठे रहे। चीन का जो सबसे बड़ा चित्रकार हुआ है उनके बाल भी बहुत बड़े थे। यही कारण था कि योगेश ने भी स्वभाव-विरुद्ध सिर पर लंबे-लंबे बाल रखे हुए थे। ये बाल उनके मुख पर बिल्कुल नहीं भाते थे। क्योंकि बचपन में एक बार चेचक के आक्रमण से उनके प्राण तो बच गए थे। किंतु मुख बहुत कुरूप हो गया था। एक तो स्याम-वर्ण, दूसरे चेचक के दाग। चेहरा देखकर सहसा यही जान पड़ता था, मानो किसी ने बंदूक में छर्रे भरकर लिबलिबी दाब दी हो।

कमरे में जो लड़के बैठे थे, योगेश बाबू को क्रोधित देखकर उनके सामने ही मुंह बंद करके हंस रहे थे।

सहसा वह हंसी योगेश बाबू ने भी देख ली, क्रोधित स्वर में बोले, ''तुम लोग हंस रहे हो, क्यों?''

एक लड़के ने चाटुकारिता से जल्दी-जल्दी कहा, ''नहीं महाशय! आपको क्रोध आए और हम लोग हंसें, यह भला कभी संभव हो सकता है?''

''ऊंह! मैं समझ गया, अब अधिक चातुर्य की आवश्यकता नहीं। क्या तुम लोग यह कहना चाहते हो कि अब तक तुम सब दांत निकालकर रो रहे थे, मैं ऐसा मूर्ख नहीं हूं?'' यह कहकर उन्होंने आंखें बंद कर लीं।

लड़कों ने किसी प्रकार हंसी रोककर कहा, ''चलिए यों ही सही, हम हंसते ही थे और रोते भी क्यों? पर हम नरेंद्र के पागलपन को सोचकर हंसते थे। वह देखो मास्टर साहब के साथ नरेंद्र भी आ रहा है।''

मास्टर साहब के साथ-साथ नरेंद्र भी कमरे में आ गया।

योगेश ने एक बार नरेंद्र की ओर वक्र दृष्टि से देखकर मनमोहन बाबू से कहा, ''महाशय! नरेंद्र मेरे विषय में क्या कहता है?''

मनमोहन बाबू जानते थे कि उन दोनों की लगती है। दो पाषाण जब परस्पर टकराते हैं तो अग्नि उत्पन्न हो ही जाती है। अतएव वह बात को संभालते, मुस्कराते-से बोले, ''योगेश बाबू, नरेंद्र क्या कहता है?''

''नरेंद्र कहता है कि मैं रुपये के दृष्टिकोण से चित्र बनाता हूं। मेरा कोई आदर्श नहीं है?''

मनमोहन बाबू ने पूछा, ''क्यों नरेंद्र?''

नरेंद्र अब तक मौन खड़ा था, अब किसी प्रकार आगे आकर बोला, ''हां कहता हूं, मेरी यही सम्मति है।''

योगेश बाबू ने मुंह बनाकर कहा, ''बड़े सम्मति देने वाले आए। छोटे मुंह बड़ी बात। अभी कल का छोकरा और इतनी बड़ी-बड़ी बातें।''

मनमोहन बाबू से कहा, ''योगेश बाबू जाने दीजिए, नरेंद्र अभी बच्चा है, और बात भी साधारण है। इस पर वाद-विवाद की क्या आवश्यकता है?''

योगेश बाबू उसी तरह आवेश में बोले, ''बच्चा है। नरेंद्र बच्चा है। जिसके मुंह पर इतनी बड़ी-बड़ी मूंछें हों, वह यदि बच्चा है तो बूढ़ा क्या होगा? मनमोहन बाबू! आप क्या कहते हैं?''

एक विद्यार्थी ने कहा, ''महाशय, अभी जरा देर पहले तो आपने उसे कल का छोकरा बताया था।''

योगेश बाबू का मुख क्रोध से लाल हो गया, बोले, ''कब कहा था?''

''अभी इससे जरा देर पहले।''

''झूठ! बिल्कुल झूठ!! जिसकी इतनी बड़ी-बड़ी मूंछें हैं उसे छोकरा कहूं, असंभव है। क्या तुम लोग यह कहना चाहते हो कि मैं बिल्कुल मूर्ख हूं।''

सब लड़के एक स्वर से बोले, ''नहीं, महाशय! ऐसी बात हम भूलकर भी जिह्वा पर नहीं ला सकते।''

मनमोहन बाबू किसी प्रकार हंसी को रोककर बोले, ''चुप-चुप! गोलमाल न करो।''

योगेश बाबू ने कहा, ''हां नरेंद्र! तुम यह कहते हो कि बंग-प्रांत में तुम्हारी टक्कर का कोई चित्रकार नहीं है।''

नरेंद्र ने कहा, ''आपने कैसे जाना?''

''तुम्हारे मित्रों ने कहा।''

''मैं यह नहीं कहता। तब भी इतना अवश्य कहूंगा कि मेरी तरह हृदय-रक्त पीकर बंगाल में कोई चित्र नहीं बनाता।''

''इसका प्रमाण?''

नरेंद्र ने आवेशमय स्वर में कहा, ''प्रमाण की क्या आवश्यकता है? मेरा अपना यही विचार है।''

''तुम्हारा विचार असत्य है।''

नरेंद्र बहुत कम बोलने वाला व्यक्ति था। उसने कोई उत्तर नहीं दिया।

मनमोहन बाबू ने इस अप्रिय वार्तालाप को बंद करने के लिए कहा, ''नरेंद्र इस बार प्रदर्शनी के लिए तुम चित्र बनाओगे ना?''

नरेन्द्र ने कहा, ''विचार तो है।''

''देखूंगा तुम्हारा चित्र कैसा रहता है?''

नरेंद्र ने श्रद्धा-भाव से उनकी पग-धूलि लेकर कहा, ''जिसके गुरु आप हैं उसे क्या चिंता? देखना सर्वोत्तम रहेगा।''

योगेश बाबू ने कहा, ''राम से पहले रामायण! पहले चित्र बनाओ फिर कहना।''

नरेंद्र ने मुंह फेरकर योगेश बाबू की ओर देखा, कहा कुछ भी नहीं, किंतु मौन भाव और उपेक्षा ने बातों से कहीं अधिक योगेश के हृदय को ठेस पहुंचाई।

मनमोहन बाबू ने कहा, ''योगेश बाबू, चाहे आप कुछ भी कहें मगर नरेंद्र को अपनी आत्मिक शक्ति पर बहुत बड़ा विश्वास है। मैं दृढ़ निश्चय से कह सकता हूं कि यह भविष्य में एक बड़ा चित्रकार होगा।''

नरेंद्र धीरे-धीरे कमरे से बाहर चला गया।

एक विद्यार्थी ने कहा, ''प्रोफेसर साहब, नरेंद्र में किसी सीमा तक विक्षिप्तता की झलक दिखाई देती है।''

मनमोहन बाबू ने कहा, ''हां, मैं भी मानता हूं। जो व्यक्ति अपने घाव अच्छी तरह प्रकट करने में सफल हो जाता है, उसे सर्व-साधारण किसी सीमा तक विक्षिप्त समझते हैं। चित्र में एक विशेष प्रकार का आकर्षण तथा मोहकता उत्पन्न करने की उसमें असाधारण योग्यता है। तुम्हें मालूम है, नरेंद्र ने एक बार क्या किया था? मैंने देखा कि नरेंद्र के बाएं हाथ की उंगली से खून का फव्वारा छूट रहा है और वह बिना किसी कष्ट के बैठा चित्र बना रहा है। मैं तो देखकर चकित रह गया। मेरे मालूम करने पर उसने उत्तर दिया कि उंगली काटकर देख रहा था कि खून का वास्तविक रंग क्या है? अजीब व्यक्ति है। तुम लोग इसे विक्षिप्तता कह सकते हो, किंतु इसी विक्षिप्तता के ही कारण तो वह एक दिन अमर कलाकार कहलाएगा।''

योगेश बाबू आंख बंद करके सोचने लगे। जैसे गुरु वैसे चेले—दोनों-के-दोनों पागल हैं।

2

नरेंद्र सोचते-सोचते मकान की ओर चला—मार्ग में भीड़-भाड़ थी। कितनी ही गाड़ियां चली जा रही थीं; किंतु इन बातों की ओर उसका ध्यान नहीं था। उसे क्या चिंता थी? संभवत: इसका भी उसे पता न था।

वह थोड़े समय के भीतर ही बहुत बड़ा चित्रकार हो गया, इस थोड़े-से समय में वह इतना सुप्रसिद्ध और सर्वप्रिय हो गया था कि उसके ईर्ष्यालु मित्रों को अच्छा न लगा। इन्हीं ईर्ष्यालु मित्रों में योगेश बाबू भी थे। नरेंद्र में एक विशेष योग्यता और उसकी तूलिका में एक असाधारण शक्ति है। योगेश बाबू इसे दिल-ही-दिल में खूब समझते थे, परंतु ऊपर से उसे मानने के लिए तैयार न थे।

इस थोड़े समय में ही उसका इतनी प्रसिद्धि प्राप्त करने का एक विशेष कारण भी था। वह यह कि नरेंद्र जिस चित्र को भी बनाता था अपनी सारी योग्यता उसमें लगा देता था। उसकी दृष्टि केवल चित्र पर रहती थी, पैसे की ओर भूलकर भी उसका ध्यान नहीं जाता था। उसके हृदय की महत्वाकांक्षा होती थी कि चित्र बहुत ही सुंदर हो। उसमें अपने ढंग की विशेष विलक्षणता हो। मूल्य चाहे कम मिले या अधिक। वह अपने विचार और भावनाओं की मधुर रूप-रेखाएं अपने चित्र में देखता था। जिस समय चित्र चित्रित करने बैठता तो चारों ओर फैली हुई असीम प्रकृति और उसकी सारी रूप-रेखाएं हृदय-पट से गुंफित कर देता। इतना ही नहीं; वह अपने अस्तित्व से भी विस्मृत हो जाता। वह उस समय पागलों की भांति दिखाई पड़ता और अपने प्राण तक उत्सर्ग कर देने से भी उस समय सम्भवत: उसको संकोच न होता।

यह दशा उस समय की एकाग्रता की होती। वास्तव में इसी कारण से उसे यह सम्मान प्राप्त हुआ। उसके स्वभाव में सादगी थी, वह जो बात सादगी से कहता, लोग उसे अभिमान और प्रदर्शनी से लदी हुई समझते। उसके सामने कोई कुछ न कहता परंतु पीछे-पीछे लोग उसकी बुराई करने से न चूकते, सब-के-सब नरेंद्र को संज्ञाहीन-सा पाते, वह किसी बात को कान लगाकर न सुनता। कोई पूछता कुछ और वह उत्तर देता कुछ और ही। वह सर्वदा ऐसा प्रतीत होता जैसे अभी-अभी स्वप्न देख रहा था और किसी ने सहसा उसे जगा दिया

हो, उसने विवाह किया और एक लड़का भी उत्पन्न हुआ, पत्नी बहुत सुंदर थी, परंतु नरेंद्र को गार्हस्थिक जीवन में किसी प्रकार का आकर्षण न था, तब भी उसका हृदय प्रेम का अथाह सागर था, वह हर समय इसी धुन में रहता था कि चित्रकला में प्रसिद्धि प्राप्त करे।

यही कारण था कि लोग उसे पागल समझते थे। किसी हल्की वस्तु को यदि पानी में जबर्दस्ती डुबो दो तो वह किसी प्रकार भी न डूबेगी, वरन ऊपर तैरती रहेगी। ठीक यही दशा उन लोगों की होती है जो अपनी धुन के पक्के होते हैं। वे सांसारिक दु:ख-सुख में किसी प्रकार डूबना नहीं जानते। उनका हृदय हर समय कार्य की पूर्ति में संलग्न रहता है।

नरेंद्र सोचते-सोचते अपने मकान के सामने आ खड़ा हुआ। उसने देखा कि द्वार के समीप उसका चार साल का बच्चा मुंह में उंगली डाले किसी गहरी चिंता में खड़ा है। पिता को देखते ही बच्चा दौड़ता हुआ आया और दोनों हाथों से नरेंद्र को पकड़कर बोला, "बाबूजी!"

"क्यों बेटा!"

बच्चे ने पिता का हाथ पकड़ लिया और खींचते हुए कहा, "बाबूजी, देखो हमने एक मेढक मारा है जो लंगड़ा हो गया है..."

नरेंद्र ने बच्चे को गोद में उठाकर कहा, "तो मैं क्या करूं? तू बड़ा पाजी है।"

बच्चे ने कहा, "वह घर नहीं जा सकता—लंगड़ा हो गया है, कैसे जाएगा? चलो उसे गोद में उठाकर घर पहुंचा दो।"

नरेंद्र ने बच्चे को गोद में उठा लिया और हंसते-हंसते घर में ले गया।

3

एक दिन नरेंद्र को ध्यान आया कि इस बार की प्रदर्शनी में जैसे भी हो अपना एक चित्र भेजना चाहिए। कमरे की दीवार पर उसके

हाथ के कितने ही चित्र लगे हुए थे। कहीं प्राकृतिक दृश्य, कहीं मनुष्य के शरीर की रूप-रेखा, कहीं स्वर्ण की भांति सरसों के खेत की हरियाली, जंगली मनमोहक दृश्यावली और कहीं वे रास्ते जो छाया वाले वृक्षों के नीचे से टेढ़े-तिरछे होकर नदी के पास जा मिलते थे। धुएं की भांति गगनचुंबी पहाड़ों की पंक्ति, जो तेज धूप में स्वयं झुलसी जा रही थीं और सैकड़ों पथिक धूप से व्याकुल होकर छायादार वृक्षों के समूह में शरणार्थी थे, ऐसे कितने ही दृश्य थे। दूसरी ओर अनेकों पक्षियों के चित्र थे। उन सबके मनोभाव उनके मुखों से प्रकट हो रहे थे। कोई गुस्से में भरा हुआ, कोई चिंता की अवस्था में तो कोई प्रसन्न मुख।

कमरे के उत्तरीय भाग में खिड़की के समीप एक अपूर्ण चित्र लगा हुआ था; उसमें ताड़ के वृक्षों के समूह के समीप सर्वदा मौन रहने वाली छाया के आश्रय में एक सुंदर नवयुवती नदी के नील-वर्ण जल में अचल बिजली-सी मौन खड़ी थी। उसके होंठों और मुख की रेखाओं में चित्रकार ने हृदय की पीड़ा अंकित की थी। ऐसा प्रतीत होता था मानो चित्र बोलना चाहता है, किंतु यौवन अभी उसके शरीर में पूरी तहर प्रस्फुटित नहीं हुआ है।

इन सब चित्रों में चित्रकार के इतने दिनों की आशा और निराशा मिश्रित थी, परंतु आज उन चित्रों की रेखाओं और रंगों ने उसे अपनी ओर आकर्षित न किया। उसके हृदय में बार-बार यही विचार आने लगे कि इतने दिनों उसने केवल बच्चों का खेल किया है। केवल कागज के टुकड़ों पर रंग पोता है। इतने दिनों से उसने जो कुछ रेखाएं कागज पर खींची थीं, वे सब उसके हृदय को अपनी ओर आकर्षित न कर सकीं, क्योंकि उसके विचार पहले की अपेक्षा बहुत उच्च थे। उच्च ही नहीं बल्कि बहुत उच्चतम होकर चील की भांति आकाश में मंडराना चाहते थे। यदि वर्षा ऋतु का सुहावना दिन हो तो क्या कोई

शक्ति उसे रोक सकती थी? वह उस समय आवेश में आकर उड़ने की उत्सुकता में असीमित दिशाओं में उड़ जाता। एक बार भी फिरकर नहीं देखता। अपनी पहली अवस्था पर किसी प्रकार भी वह संतुष्ट नहीं था। नरेंद्र के हृदय में रह-रहकर यही विचार आने लगा। भावना और लालसा की झड़ी-सी लग गई।

उसने निश्चय कर लिया कि इस बार ऐसा चित्र बनाएगा। जिससे उसका नाम अमर हो जाए। वह इस वास्तविकता को सबके दिलों में बिठा देना चाहता था कि उसकी अनुभूति बचपन की अनुभूति नहीं है।

मेज पर सिर रखकर नरेंद्र विचारों का ताना-बाना बुनने लगा। वह क्या बनाएगा? किस विषय पर बनाएगा? हृदय पर आघात होने से साधारण प्रभाव पड़ता है। भावनाओं के कितने ही पूर्ण और अपूर्ण चित्र उसकी आंखों के सामने से सिनेमा-चित्र की भांति चले गए, परंतु किसी ने भी दमभर के लिए उसके ध्यान को अपनी ओर आकर्षित न किया। सोचते-सोचते संध्या के अंधियारे में शंख की मधुर ध्वनि ने उसको मस्त कर देने वाला गाना सुनाया। इस स्वर-लहरी से नरेंद्र चौंककर उठ खड़ा हुआ। पश्चात् उसी अंधकार में वह चिंतन-मुद्रा में कमरे के अंदर पागलों की भांति टहलने लगा। सब व्यर्थ! महान प्रयत्न करने के पश्चात् भी कोई विचार न सूझा।

रात बहुत जा चुकी थी। अमावस्था की अंधेरी में आकाश परलोक की भांति धुंधला प्रतीत होता था। नरेंद्र कुछ खोया-खोया सा पागलों की भांति उसी ओर ताकता रहा।

बाहर से रसोइये ने द्वार खटखटाकर कहा, ''बाबूजी!''

चौंककर नरेंद्र ने पूछा, ''कौन है?''

''बाबूजी भोजन तैयार है, चलिए।''

झुंझलाते हुए नरेंद्र ने कटु स्वर में कहा, ''मुझे तंग न करो। जाओ मैं इस समय न खाऊंगा।''

"कुछ थोड़ा-सा।"

"मैं कहता हूं बिल्कुल नहीं।" और निराश-मन रसोइया भारी कदमों से वापस लौट गया और नरेंद्र ने अपने को चिंतन-सागर में डुबो दिया। दुनिया में जिसको ख्याति प्राप्त करने का व्यसन लग गया हो उसको चैन कहां?

4

एक सप्ताह बीत गया। इस सप्ताह में नरेंद्र ने घर से बाहर कदम न निकाला। घर में बैठा सोचता रहता किसी-न-किसी मंत्र से तो साधना की देवी अपनी कला दिखाएगी ही।

इससे पूर्व किसी चित्र के लिए उसे विचार-प्राप्ति में देर न लगती थी, परंतु इस बार किसी तरह भी उसे कोई बात न सूझी। ज्यों-ज्यों दिन व्यतीत होते जाते थे वह निराश होता जाता था? केवल यही क्यों? कई बार तो उसने झुंझलाकर सिर के बाल नोच लिए। वह अपने आपको गालियां देता, पृथ्वी पर पेट के बल पड़कर बच्चों की तरह रोया भी परंतु सब व्यर्थ।

प्रात:काल नरेंद्र मौन बैठा था कि मनमोहन बाबू के द्वारपाल ने आकर उसे एक पत्र दिया। उसने उसे खोलकर देखा। प्रोफेसर साहब ने उसमें लिखा था, "प्रिय नरेंद्र,"

प्रदर्शनी होने में अब अधिक दिन शेष नहीं हैं। एक सप्ताह के अंदर यदि चित्र न आया तो ठीक नहीं। लिखना, तुम्हारी क्या प्रगति हुई है और तुम्हारा चित्र कितना बन गया है?

योगेश बाबू ने चित्र चित्रित कर दिया है। मैंने देखा है, सुंदर है, परंतु मुझे तुमसे और भी अच्छे चित्र की आशा है। तुमसे अधिक प्रिय मुझे और कोई नहीं। आशीर्वाद देता हूं, तुम अपने गुरु की लाज रख सको।

इसका ध्यान रखना। इस प्रदर्शनी में यदि तुम्हारा चित्र अच्छा रहा तो तुम्हारी ख्याति में कोई बाधा न रहेगी। तुम्हारा परिश्रम सफल हो, यही कामना है।

"मनमोहन"

पत्र पढ़कर नरेंद्र और भी व्याकुल हुआ। केवल एक सप्ताह शेष है और अभी तक उसके मस्तिष्क में चित्र के विषय में कोई विचार ही नहीं आया। खेद है अब वह क्या करेगा?

उसे अपने आत्म-बल पर बहुत विश्वास था, पर उस समय वह विश्वास भी जाता रहा। इसी तुच्छ शक्ति पर वह दस व्यक्तियों में सिर उठाए फिरता रहा?

उसने सोचा था अमर कलाकार बन जाऊंगा, परंतु वाह रे दुर्भाग्य! अपनी अयोग्यता पर नरेंद्र की आंखों में आंसू भर आए।

5

रोगी की रात जैसे आंखों में निकल जाती है उसकी वह रात वैसे ही समाप्त हुई। नरेंद्र को इसका तनिक भी पता न हुआ। उधर वह कई दिनों से चित्रशाला ही में सोया था। नरेंद्र के मुख पर जागरण के चिह्न थे। उसकी पत्नी दौड़ी-दौड़ी आई और शीघ्रता से उसका हाथ पकड़कर बोली, ''अजी बच्चे को क्या हो गया है, आकर देखो तो।''

नरेंद्र ने पूछा, ''क्या हुआ?''

पत्नी लीला हांफते हुए बोली, ''शायद हैजा! इस प्रकार खड़े न रहो, बच्चा बिल्कुल अचेत पड़ा है।''

बहुत ही अनमने मन से नरेंद्र शयन-कक्ष में प्रविष्ट हुआ।

बच्चा बिस्तर से लगा पड़ा था। पलंग के चारों ओर उस भयानक रोग के चिह्न दृष्टिगोचर हो रहे थे। लाल रंग दो घड़ी में ही पीला हो

गया था। सहसा देखने से यही ज्ञात होता था जैसे बच्चा जीवित नहीं है। केवल उसके वक्ष के समीप कोई वस्तु 'धक-धक' कर रही थी, और इस क्रिया से ही जीवन के कुछ चिह्न दृष्टिगोचर होते थे।

वह बच्चे के सिरहाने सिर झुकाकर खड़ा हो गया।

लीला ने कहा, "इस तरह खड़े न रहो। जाओ, डॉक्टर को बुला लाओ।"

मां की आवाज सुनकर बच्चे ने आंखें मलीं। भर्राई हुई आवाज में बोला, "मां! ओ मां!!"

"मेरे लाल! मेरी पूंजी। क्या कह रहा है?" कहते-कहते लीला ने दोनों हाथों से बच्चे को अपनी गोद से चिपटा लिया। मां के वक्ष पर सिर रखकर बच्चा फिर पड़ा रहा।

नरेंद्र के नेत्र सजल हो गए। वह बच्चे की ओर देखता रहा।

लीला ने उपालंभमय स्वर में कहा, "अभी तक डॉक्टर को बुलाने नहीं गए?"

नरेंद्र ने दबी आवाज में कहा, "ऐं...डॉक्टर?"

पति की आवाज का अस्वाभाविक स्वर सुनकर लीला ने चकित होते हुए कहा, "क्या?"

"कुछ नहीं।"

"जाओ, डॉक्टर को बुला लाओ।"

"अभी जाता हूं।"

नरेंद्र घर से बाहर निकला।

घर का द्वार बंद हुआ। लीला ने आश्चर्य चकित होकर सुना कि उसके पति ने बाहर से द्वार की जंजीर खींच ली और वह सोचती रही, "यह क्या?"

6

नरेंद्र चित्रशाला में प्रविष्ट होकर एक कुर्सी पर बैठ गया।

दोनों हाथों से मुंह ढांपकर वह सोचने लगा। उसकी दशा देखकर ऐसा लगता था कि वह किसी तीव्र आत्मिक पीड़ा से पीड़ित है। चारों ओर गहरे सूनेपन का राज्य था। केवल दीवार लगी हुई घड़ी कभी न थकने वाली गति से 'टिक-टिक' कर रही थी और नरेंद्र के सीने के अंदर उसका हृदय मानो उत्तर देता हुआ कह रहा था—धक! धक! संभवत: उसके भयानक संकल्पों से परिचित होकर घड़ी और उसका हृदय परस्पर कानाफूसी कर रहे थे। सहसा नरेंद्र उठ खड़ा हुआ। संज्ञाहीन अवस्था में कहने लगा, ''क्या करूं? ऐसा आदर्श फिर न मिलेगा, परंतु...वह तो मेरा पुत्र है।''

वह कहते-कहते रुक गया। मौन होकर सोचने लगा। सहसा मकान के अंदर से सनसनाते हुए बाण की भांति 'हाय' की हृदयबेधक आवाज उसके कानों में पहुंची।

''मेरे लाल! तू कहां गया?''

जिस प्रकार चिल्ला टूट जाने से कमान सीधी हो जाती है, चिंता और व्याकुलता से नरेंद्र ठीक उसी तरह सीधा खड़ा हो गया। उसके मुख पर लाली का चिह्न तक न था, फिर कान लगाकर उसने आवाज सुनी, वह समझ गया कि बच्चा चल बसा।

मन-ही-मन में बोला, 'भगवान्! तुम साक्षी हो, मेरा कोई अपराध नहीं।'

इसके बाद वह अपने सिर के बालों को मुट्ठी में लेकर सोचने लगा। जैसे कुछ समय पश्चात् ही मनुष्य निद्रा से चौंक उठता है उसी प्रकार चौंककर जल्दी-जल्दी मेज पर से कागज, तूलिका और रंग आदि लेकर वह कमरे से बाहर निकल गया।

शयन-कक्ष के सामने एक खिड़की के समीप आकर वह अचकचा कर खड़ा हो गया। कुछ सुनाई देता है क्या? नहीं सब खामोश हैं। उस खिड़की से कमरे का आंतरिक भाग दिखाई पड़ रहा था। झांककर भय से थर-थर कांपते हुए उसने देखा तो उसके सारे

शरीर में कांटे-से चुभ गए बिस्तर उलट-पुलट हो रहा था। पुत्र से रिक्त गोद किए मां वहीं पड़ी तड़प रही थी।

और इसके अतिरिक्त...मां कमरे में पृथ्वी पर लोटते हुए, बच्चे के मृत शरीर को दोनों हाथों से वक्ष:स्थल के साथ चिपटाए, बाल बिखरे, नेत्र विस्फारित किए, बच्चे के निर्जीव होंठों को बार-बार चूम रही थी।

नरेंद्र की दोनों आंखों में किसी ने दो सलाखें चुभो दी हों। उसने होंठ चबाकर कठिनता से स्वयं को संभाला और इसके साथ ही कागज पर पहली रेखा खींची। उसके सामने कमरे के अंदर वही भयानक-दृश्य उपस्थित था। संभवत: संसार के किसी अन्य चित्रकार ने ऐसा दृश्य सम्मुख रखकर तूलिका न उठाई होगी।

देखने में नरेंद्र के शरीर में कोई गति न थी, परंतु उसके हृदय में कितनी वेदना थी? उसे कौन समझ सकता है, वह तो पिता था।

नरेंद्र जल्दी-जल्दी चित्र बनाने लगा। जीवन-भर चित्र बनाने में इतनी जल्दी उसने कभी न की उसकी उंगलियां किसी अज्ञात शक्ति से अपूर्व प्राप्त कर चुकी थीं। रूप-रेखा बनाते हुए उसने सुना, ''बेटा, ओ बेटा! बातें करो, बात करो, जरा एक बार तुम देख तो लो?''

नरेंद्र ने अस्फुट स्वर में कहा, ''उफ! यह असहनीय है।'' और उसके हाथ से तूलिका छूटकर पृथ्वी पर गिर पड़ी।

किंतु उसी समय तूलिका उठाकर वह पुन: चित्र बनाने लगा। रह-रहकर लीला का क्रंदन-रुदन कानों में पहुंचकर हृदय को छेड़ता और रक्त की गति को बंद करता और उसके हाथ स्थिर होकर उसकी तूलिका की गति को रोक देते।

इसी प्रकार पल-पर-पल बीतने लगे।

मुख्य द्वार से अंदर आने के लिए नौकरों ने शोर मचाना शुरू कर दिया था, परंतु नरेंद्र मानो इस समय विश्व और विश्वव्यापी कोलाहल

से बहरा हो चुका था। वह कुछ भी न सुन सका। इस समय वह एक बार कमरे की ओर देखता और एक बार चित्र की ओर, बस रंग में तूलिका डुबोता और फिर कागज पर चला देता।

वह पिता था, परंतु कमरे के अंदर पत्नी के हृदय से लिपटे हुए मृत बच्चे की याद भी वह धीरे-धीरे भूलता जा रहा था।

सहसा लीला ने उसे देख लिया। दौड़ती हुई खिड़की के समीप आकर दुखित स्वर में बोली, ''क्या डॉक्टर को बुलाया? जरा एक बार आकर देख तो लेते कि मेरा लाल जीवित है या नहीं...यह क्या? चित्र बना रहे हो?''

चौंककर नरेंद्र ने लीला की ओर देखा। वह लड़खड़ाकर गिर रही थी।

बाहर से द्वार खटखटाने और बार-बार चिल्लाने पर भी जब कपाट न खुले, तो रसोइया और नौकर दोनों डर गए। वे अपना काम समाप्त करके प्रायः संध्या समय घर चले जाते थे और प्रातःकाल काम करने आ जाते थे। प्रतिदिन लीला या नरेंद्र दोनों में से कोई-न-कोई द्वार खोल देता था, आज चिल्लाने और खटखटाने पर भी द्वार न खुला। इधर रह-रहकर लीला की क्रंदन-ध्वनि भी कानों में आ रही थी।

उन लोगों ने मुहल्ले के कुछ व्यक्तियों को बुलाया। अंत में सबने सलाह करके द्वार तोड़ डाला।

सब आश्चर्य चकित होकर मकान में घुसे। जीने से चढ़कर देखा कि दीवार का सहारा लिए, दोनों हाथ जंघाओं पर रखे नरेंद्र सिर नीचा किए हुए बैठा है।

उनके पैरों की आहट से नरेंद्र ने चौंककर मुंह उठाया। उसके नेत्र रक्त की भांति लाल थे। थोड़ी देर पश्चात् वह ठहाका मारकर हंसने लगा और सामने लगे चित्र की ओर उंगली दिखाकर बोल उठा, ''डॉक्टर! डॉक्टर!! मैं अमर हो गया।''

7

दिन बीतते गए, प्रदर्शनी आरंभ हो गई।

प्रदर्शनी में देखने की कितनी ही वस्तुएं थीं, परंतु दर्शक एक ही चित्र पर झुके पड़ते थे। चित्र छोटा-सा था और अधूरा भी, नाम था 'अंतिम प्यार।'

चित्र में चित्रित किया हुआ था, एक मां बच्चे का मृत शरीर हृदय से लगाए अपने दिल के टुकड़े के चंदा-से मुख को बार-बार चूम रही है।

शोक और चिंता में डूबी हुई मां के मुख, नेत्र और शरीर में चित्रकार की तूलिका ने एक ऐसा सूक्ष्म और दर्दनाक चित्र चित्रित किया जो देखता उसकी आंखों से आंसू निकल पड़ते। चित्र की रेखाओं में इतनी अधिक सूक्ष्मता से दर्द भरा जा सकता है, यह बात इससे पहले किसी के ध्यान में न आई थी।

इस दर्शक-समूह में कितने ही चित्रकार थे। उनमें से एक ने कहा, ''देखिए योगेश बाबू, आप क्या कहते हैं?''

योगेश बाबू उस समय मौन धारण किए चित्र की ओर देख रहे थे, सहसा प्रश्न सुनकर एक आंख बंद करके बोले, ''यदि मुझे पहले से ज्ञात होता तो मैं नरेंद्र को अपना गुरु बनाता।''

दर्शकों ने धन्यवाद, साधुवाद और वाह-वाह की झड़ी लगा दी; परंतु किसी को भी मालूम न हुआ कि उस सज्जन पुरुष का मूल्य क्या है, जिसने इस चित्र को चित्रित किया है।

किस प्रकार चित्रकार ने स्वयं की धूलि में मिलाकर रक्त से इस चित्र को रंगा है, उसकी यह दशा किसी को भी ज्ञात न हो सकी।

❏❏

6

भिखारिन

अंधी प्रतिदिन मंदिर के दरवाजे पर जाकर खड़ी होती, दर्शन करने वाले बाहर निकलते तो वह अपना हाथ फैला देती और नम्रता से कहती, ''बाबूजी, अंधी पर दया हो जाए।''

वह जानती थी कि मंदिर में आने वाले सहृदय और श्रद्धालु हुआ करते हैं। उसका यह अनुमान असत्य न था। आने-जाने वाले दो-चार पैसे उसके हाथ पर रख ही देते। अंधी उनको दुआएं देती और उनकी सहृदयता को सराहती। स्त्रियां भी उसके पल्ले में थोड़ा-बहुत अनाज डाल जाया करती थीं।

प्रातः से संध्या तक वह इसी प्रकार हाथ फैलाए खड़ी रहती। उसके पश्चात् मन-ही-मन भगवान को प्रणाम करती और अपनी लाठी के सहारे झोंपड़ी का पथ ग्रहण करती। उसकी झोंपड़ी नगर से बाहर थी। रास्ते में भी याचना करती जाती किंतु राहगीरों में अधिक संख्या श्वेत वस्त्रों वालों की होती, जो पैसे देने की अपेक्षा झिड़कियां दिया करते हैं। तब भी अंधी निराश न होती और उसकी याचना बराबर जारी रहती। झोंपड़ी तक पहुंचते-पहुंचते उसे दो-चार पैसे और मिल जाते।

झोंपड़ी के समीप पहुंचते ही एक दस वर्ष का लड़का उछलता-कूदता आता और उसके चिपट जाता। अंधी टटोलकर उसके मस्तक को चूमती।

बच्चा कौन है ? किसका है ? कहां से आया ? इस बात से कोई परिचय नहीं था। पांच वर्ष हुए पास-पड़ोस वालों ने उसे अकेला देखा था। इन्हीं दिनों एक दिन संध्या-समय लोगों ने उसकी गोद में एक बच्चा देखा, वह रो रहा था, अंधी उसका मुख चूम-चूमकर उसे चुप कराने का प्रयत्न कर रही थी। वह कोई असाधारण घटना न थी, अतः किसी ने भी न पूछा कि बच्चा किसका है। उसी दिन से वह बच्चा अंधी के पास था और प्रसन्न था। उसको वह अपने से अच्छा खिलाती और पहनाती।

अंधी ने अपनी झोंपड़ी में एक हांड़ी गाड़ रखी थी। संध्या-समय जो कुछ मांगकर लाती उसमें डाल देती और उसे किसी वस्तु से ढांप देती। इसलिए कि दूसरे व्यक्तियों की दृष्टि उस पर न पड़े। खाने के लए अन्न काफी मिल जाता था। उससे काम चलाती। पहले बच्चे को पेट भरकर खिलाती फिर स्वयं खाती। रात को बच्चे को अपने वक्ष से लगाकर वहीं पड़ रहती। प्रातःकाल होते ही उसको खिला-पिलाकर फिर मंदिर के द्वार पर जा खड़ी होती।

2

काशी में सेठ बनारसीदास बहुत प्रसिद्ध व्यक्ति हैं। बच्चा-बच्चा उनकी कोठी से परिचित है। बहुत बड़े देशभक्त और धर्मात्मा हैं। धर्म में उनकी बड़ी रुचि है। दिन के बारह बजे तक सेठ स्नान-ध्यान में संलग्न रहते। कोठी पर हर समय भीड़ लगी रहती। कर्ज के इच्छुक तो आते ही थे, परंतु ऐसे व्यक्तियों का भी तांता बंधा रहता जो अपनी पूंजी सेठजी के पास धरोहर रूप में रखने आते थे। सैकड़ों भिखारी अपनी जमा-पूंजी इन्हीं सेठजी के पास जमा कर जाते। अंधी को भी यह बात ज्ञात थी, किंतु पता नहीं अब तक वह अपनी कमाई यहां जमा कराने में क्यों हिचकिचाती रही।

उसके पास काफी रुपये हो गए थे, हांड़ी लगभग पूरी भर गई थी। उसको शंका थी कि कोई चुरा न ले। एक दिन संध्या-समय अंधी ने वह हांड़ी उखाड़ी और अपने फटे हुए आंचल में छिपाकर सेठजी की कोठी पर पहुंची।

सेठजी बही-खाते के पृष्ठ उलट रहे थे, उन्होंने पूछा, ''क्या है बुढ़िया?''

अंधी ने हांड़ी उनके आगे सरका दी और डरते-डरते कहा, ''सेठजी, इसे अपने पास जमा कर लो, मैं अंधी, अपाहिज कहां रखती फिरूंगी?''

सेठजी ने हांड़ी की ओर देखकर कहा, ''इसमें क्या है?''

अंधी ने उत्तर दिया, ''भीख मांग-मांगकर अपने बच्चे के लिए दो-चार पैसे संग्रह किए हैं, अपने पास रखते डरती हूं, कृपया इन्हें आप अपनी कोठी में रख लें।''

सेठजी ने मुनीम की ओर संकेत करते हुए कहा, ''बही में जमा कर लो।'' फिर बुढ़िया से पूछा, ''तेरा नाम क्या है?''

अंधी ने अपना नाम बताया, मुनीमजी ने नकदी गिनकर उसके नाम से जमा कर ली और वह सेठजी को आशीर्वाद देती हुई अपनी झोंपड़ी में चली गई।

3

दो वर्ष बहुत सुख के साथ बीते। इसके पश्चात् एक दिन लड़के को ज्वर ने आ दबाया। अंधी ने दबा-दारू की, झाड़-फूंक से भी काम लिया, टोने-टोटके की परीक्षा की, परंतु संपूर्ण प्रयत्न व्यर्थ सिद्ध हुए। लड़के की दशा दिन-प्रतिदिन बुरी होती गई, अंधी का हृदय टूट गया, साहस ने जवाब दे दिया, निराश हो गई। परंतु फिर ध्यान आया कि संभवत: डॉक्टर के इलाज से फायदा हो जाएं। इस विचार के

आते ही वह गिरती-पड़ती सेठजी की कोठी पर आ पहुंची। सेठजी उपस्थित थे।

अंधी ने कहा, ''सेठजी मेरी जमा-पूंजी में से दस-पांच रुपये मुझे मिल जाए तो बड़ी कृपा हो। मेरा बच्चा मर रहा है, डॉक्टर को दिखाऊंगी।''

सेठजी ने कठोर स्वर में कहा, ''कैसी जमा पूंजी? कैसे रुपये? मेरे पास किसी के रुपये जमा नहीं हैं।''

अंधी ने रोते हुए उत्तर दिया, ''दो वर्ष हुए मैं आपके पास धरोहर रख गई थी। दे दीजिए बड़ी दया होगी।''

सेठजी ने मुनीम की ओर रहस्यमयी दृष्टि से देखते हुए कहा, ''मुनीमजी, जरा देखना तो, इसके नाम की कोई पूंजी जमा है क्या? तेरा नाम क्या है री?''

अंधी की जान-में-जान आई, आशा बंधी। पहला उत्तर सुनकर उसने सोचा कि सेठ बेईमान है, किंतु अब सोचने लगी संभवत: उसे ध्यान न रहा होगा। ऐसा धर्मी व्यक्ति भी भला कहीं झूठ बोल सकता है। उसने अपना नाम बता दिया। उलट-पलटकर देखा। फिर कहा, ''नहीं तो, इस नाम पर एक पाई भी जमा नहीं है।''

अंधी वहीं जमी बैठी रही। उसने रो-रोकर कहा, ''सेठजी, परमात्मा के नाम पर, धर्म के नाम पर, कुछ दे दीजिए। मेरा बच्चा जी जाएगा। मैं जीवन-भर आपके गुण गाऊंगी।''

परंतु पत्थर में जोंक न लगी। सेठजी ने क्रुद्ध होकर उत्तर दिया, ''जाती है या नौकर को बुलाऊं।''

अंधी लाठी टेककर खड़ी हो गई और सेठजी की ओर मुंह करके बोली, ''अच्छा भगवान तुम्हें बहुत दे।'' और अपनी झोंपड़ी की ओर चल दी।

यह अशीष न था बल्कि एक दुखी का शाप था। बच्चे की दशा

बिगड़ती गई, दवा-दारू हुई ही नहीं, फायदा क्यों कर होता। एक दिन उसकी अवस्था चिंताजनक हो गई, प्राणों के लाले पड़ गए, उसके जीवन से अंधी भी निराश हो गई। सेठजी पर रह-रहकर उसे क्रोध आता था। इतना धनी व्यक्ति है, दो-चार रुपये दे देता तो क्या चला जाता और फिर मैं उससे कुछ दान नहीं मांग रही थी, अपने ही रुपये मांगने गई थी। सेठजी से उसे घृणा हो गई।

बैठे-बैठे उसको कुछ ध्यान आया। उसने बच्चे को अपनी गोद में उठा लिया और ठोकरें खाती, गिरती-पड़ती, सेठजी के पास पहुंची और उनके द्वार पर धरना देकर बैठ गई। बच्चे का शरीर ज्वर से भभक रहा था और अंधी का कलेजा भी।

एक नौकर किसी काम से बाहर आया। अंधी को बैठा देखकर उसने सेठजी को सूचना दी, सेठजी ने आज्ञा दी कि उसे भगा दो।

नौकर ने अंधी से चले जाने को कहा, किंतु वह उस स्थान से न हिली। मारने का भय दिखाया, पर वह टस-से-मस न हुई। उसने फिर अंदर जाकर कहा कि वह नहीं टलती।

सेठजी स्वयं बाहर पधारे। देखते ही पहचान गए। बच्चे को देखकर उन्हें बहुत आश्चर्य हुआ कि उसकी शक्ल-सूरत उनके मोहन से बहुत मिलती-जुलती है। सात वर्ष हुए तब मोहन किसी मेले में खो गया था। उसकी बहुत खोज की, पर उसका कोई पता न मिला। उन्हें स्मरण हो आया कि मोहन की जांघ पर एक लाल रंग का चिह्न था। इस विचार के आते ही उन्होंने अंधी की गोद के बच्चे की जांघ देखी। चिह्न अवश्य था परंतु पहले से कुछ बड़ा। उनको विश्वास हो गया कि बच्चा उन्हीं का है। परंतु तुरंत उसको छीनकर अपने कलेजे से चिपटा लिया। शरीर ज्वर से तप रहा था। नौकर को डॉक्टर लाने के लिए भेजा और स्वयं मकान के अंदर चल दिए।

अंधी खड़ी हो गई और चिल्लाने लगी, ''मेरे बच्चे को न ले जाओ, मेरे रुपये तो हजम कर गए अब क्या मेरा बच्चा भी मुझसे छीनोगे?''

सेठजी बहुत चिंतित हुए और कहा, ''बच्चा मेरा है, यही एक बच्चा है, सात वर्ष पूर्व कहीं खो गया था अब मिला है, सो इसे कहीं नहीं जाने दूंगा और लाख यत्न करके भी इसके प्राण बचाऊंगा।''

अंधी ने एक जोर का ठहाका लगाया, ''तुम्हारा बच्चा है, इसलिए लाख यत्न करके भी इसे बचाओगे। मेरा बच्चा होता तो उसे मर जाने देते, क्यों? यह भी कोई न्याय है? इतने दिनों तक खून-पसीना एक करके इसको पाला है। मैं इसको अपने हाथ से नहीं जाने दूंगी।''

सेठजी की अजीब दशा थी। कुछ करते-धरते बन नहीं पड़ता था। कुछ देर वहीं मौन खड़े रहे। फिर मकान के अंदर चले गए। अंधी कुछ समय तक खड़ी रोती रही। फिर वह भी अपनी झोंपड़ी की ओर चल दी।

दूसरे दिन प्रातःकाल प्रभु की कृपा हुई या दवा ने जादू का-सा प्रभाव दिखाया। मोहन का ज्वर उतर गया। होश आने पर उसने आंख खोली तो सर्वप्रथम शब्द उसकी जबान से निकला, ''मां!''

चहुं ओर अपरिचित शक्लें देखकर उसने अपने नेत्र फिर बंद कर लिए। उस समय से उसका ज्वर फिर अधिक होना आरंभ हो गया। 'मां-मां' की रट लगी हुई थी, डॉक्टरों ने जवाब दे दिया, सेठजी के हाथ-पांव फूल गए, चहुं ओर अंधेरा दिखाई पड़ने लगा।

''क्या करूं एक ही बच्चा है, इतने दिनों बाद मिला भी तो मृत्यु उसको अपने चंगुल में दबा रही है, इसे कैसे बचाऊं?''

सहसा उनको अंधी का ध्यान आया। पत्नी को बाहर भेजा कि देखो कहीं वह अब तक द्वार पर न बैठी हो। परंतु वह वहां कहां? सेठजी ने फिटन तैयार कराई और बस्ती से बाहर उसकी झोंपड़ी पर पहुंचे। झोंपड़ी बिना द्वार के थी, अंदर गए। देखा अंधी एक फटे-पुराने टाट पर पड़ी है और उसके नेत्रों से अश्रुधार बह रही है।

सेठजी ने धीरे से उसको हिलाया। उसका शरीर भी अग्नि की भांति तप रहा था।

सेठजी ने कहा, ''बुढ़िया! तेरा बच्च मर रहा है, डॉक्टर निराश हो गए, रह-रहकर वह तुझे पुकारता है। अब तू ही उसके प्राण बचा सकती है। चल और मेरे...नहीं-नहीं अपने बच्चे की जान बचा ले।''

अंधी ने उत्तर दिया, ''मरता है तो मरने दो, मैं भी मर रही हूं। हम दोनों स्वर्ग-लोक में फिर मां-बेटे की तरह मिल जाएंगे। इस लोक में सुख नहीं है, वहां मेरा बच्चा सुख में रहेगा। मैं वहां उसकी सुचारू रूप से सेवा-सुश्रूषा करूंगी।''

सेठजी रो दिए। आज तक उन्होंने किसी के सामने सिर न झुकाया था। किंतु इस समय अंधी के पांवों पर गिर पड़े और रो-रोकर कहा, ''ममता की लाज रख लो, आखिर तुम भी उसकी मां हो। चलो, तुम्हारे जाने से वह बच जाएगा।''

ममता शब्द ने अंधी को विकल कर दिया। उसने तुरंत कहा, ''अच्छा चलो।''

सेठजी सहारा देकर उसे बाहर लाए और फिटन पर बिठा दिया। फिटन घर की ओर दौड़ने लगी। उस समय सेठ जी और अंधी भिखारिन दोनों की एक ही दशा थी। दोनों की यही इच्छा थी कि शीघ्र-से-शीघ्र अपने बच्चे के पास पहुंच जाएं।

कोठी आ गई, सेठजी ने सहारा देकर अंधी को उतारा और अंदर ले गए। भीतर जाकर अंधी ने मोहन के माथे पर हाथ फेरा। मोहन पहचान गया कि यह उसकी मां का हाथ है। उसने तुरंत नेत्र खोल दिए और उसे अपने समीप खड़े हुए देखकर कहा, ''मां, तुम आ गईं।''

अंधी भिखारिन मोहन के सिरहाने बैठ गई और उसने मोहन का सिर अपनी गोद में रख लिया। उसको बहुत सुख अनुभव हुआ और वह उसकी गोद में तुरंत सो गया।

दूसरे दिन से मोहन की दशा अच्छी होने लगी और दस-पंद्रह दिन में वह बिल्कुल स्वस्थ हो गया। जो काम हकीमों के जोशांदे, वैद्यों की पुड़ियां और डॉक्टरों के मिक्सचर न कर सके वह अंधी की स्नेहमयी सेवा ने पूरा कर दिया।

मोहन के पूरी तरह स्वस्थ हो जाने पर अंधी ने विदा मांगी। सेठजी ने बहुत-कुछ कहा-सुना कि वह उन्हीं के पास रह जाए परंतु वह सहमत न हुई, विवश होकर विदा करना पड़ा। जब वह चलने लगी तो सेठजी ने रुपयों की एक थैली उसके हाथ में दे दी। अंधी ने मालूम किया, ''इसमें क्या है?''

सेठजी ने कहा, ''इसमें तुम्हारी धरोहर है, तुम्हारे रुपये। मेरा वह अपराध...''

अंधी ने बात काट कर कहा, ''यह रुपये तो मैंने तुम्हारे मोहन के लिए संग्रह किए थे, उसी को दे देना।''

अंधी ने थैली वहीं छोड़ दी। और लाठी टेकती हुई चल दी। बाहर निकलकर फिर उसने उस घर की ओर नेत्र उठाए। उसके नेत्रों से अश्रु बह रहे थे किंतु वह एक भिखारिन होते हुए भी सेठ से महान थी। इस समय सेठ याचक था और वह दाता थी।

❑❑

7

कवि का हृदय

चांदनी रात में भगवान विष्णु बैठे मन-ही-मन गुनगुना रहे थे—
''मैं विचार किया करता था कि मनुष्य सृष्टि का सबसे सुंदर निर्माण है, किंतु मेरा विचार भ्रामक सिद्ध हुआ। कमल के उस फूल को, जो वायु के झोंकों से हिलता है, मैं देख रहा हूं कि वह संपूर्ण जीव-मात्र से कितना अधिक पवित्र और सुंदर है। उसकी पंखुड़ियां अभी-अभी प्रकाश से खिली हैं। वह ऐसा आकर्षक है कि मैं अपनी दृष्टि उस पर से नहीं हटा सकता। हां, मानवों में इसके समान कोई वस्तु विद्यमान नहीं।''

विष्णु भगवान ने एक ठंडी सांस खींची। उसके एक क्षण पश्चात् सोचने लगे—

'आखिर किस प्रकार मुझको अपनी शक्ति से एक नवीन अस्तित्व उत्पन्न करना चाहिए, जो मनुष्यों में ऐसा हो जैसा कि फूलों में कमल है। जो आकाश और पृथ्वी दोनों के लिए सुख तथा प्रसन्नता का कारण बने। ऐ कमल! तू एक सुंदर युवती के रूप में परिवर्तित हो जा और मेरे सामने खड़ा हो।''

जल में एक हल्की-सी लहर उत्पन्न हुई, जैसे कृष्ण चिड़िया के पंखों से प्रकट होती है। रात अधिक प्रकाशमान हो गई। चंद्रमा पूरे प्रकाश के साथ चमकने लगा, परंतु कुछ समय पश्चात् सहसा सब मौन रह गए, जादू पूरा हो गया। भगवान के सम्मुख कमल मानवी-रूप में खड़ा था।

वह ऐसा सुंदर रूप था कि स्वयं देवता को भी देखकर आश्चर्य हुआ। उस रूपवती को संबोधित करके विष्णु भगवान बोले, ''तुम इसके पहले सरोवर का फूल थीं, अब मेरी कल्पना का फूल हो, बातें करो।''

सुंदर युवती ने बहुत धीरे-से बोलना आरंभ किया। उसका स्वर ठीक ऐसा था जैसे कमल की पंखुड़ियां प्रात:समीरण के झोंकों से बज उठती हैं।

''महाराज, आपने मुझको मानवी-रूप में परिवर्तित किया है, कहिए अब आप मुझे किस स्थान में रहने की आज्ञा देते हैं। महाराज, पहले मैं पुष्प थी तो वायु के थपेड़ों से डरा करती थी और अपनी पंखुड़ियां बंद कर लेती थी। मैं वर्षा और आंधी से भय मानती थी, बिजली और उसकी कड़क से मेरे हृदय को डर लगता था, मैं सूर्य की जलाने वाली किरणों से डरा करती थी, आपने मुझको कमल से इस अवस्था में बदला है अत: मेरी पहले-सी प्रकृति है। मैं पृथ्वी से और जो कुछ उस पर विद्यमान है, उससे डरती हूं। फिर आज्ञा दीजिए मुझे कहां रहना चाहिए।''

विष्णु ने तारों की ओर दृष्टि की, एक क्षण तक कुछ सोचा, उसके बाद पूछा, ''क्या तुम नगराज के शिखरों पर रहना चाहती हो?''

''नहीं महाराज वहां बर्फ है और मैं शीत से डरती हूं।''

''अच्छा, मैं सरोवर की तह में तुम्हारे लिए शीशे का महल बनवा दूंगा।''

''जल की गहराइयों में सर्प और भयावने जंतु रहते हैं इसलिए मुझे डर लगता है।''

''तो क्या तुमको सुनसान उजाड़ स्थान रुचिकर है?''

''नहीं महाराज, वन की तूफानी समीर और दामिनी की भयावनी कड़क को मैं किस प्रकार सहन कर सकती हूं।''

''तो फिर तुम्हारे लिए कौन-सा स्थान निश्चित किया जाए?

हां, अजंता की गुफाओं में साधु रहते हैं, क्या तुम सबसे अलग किसी गुफा में रहना चाहती हो?''

''महाराज, वहां बहुत अंधेरा है, मुझे डर लगता है।''

भगवान विष्णु घुटने के नीचे हाथ रखकर एक पत्थर पर बैठ गए। उनके सामने वही सुंदरी सहमी हुई खड़ी थी।

2

बहुत देर के उपरांत जब ऊषा-किरण के प्रकाश ने पूर्व दिशा में आकाश को प्रकाशित किया, जब सरोवर का जल, ताड़ के वृक्ष और हरे बांस सुनहरे हो गए, गुलाबी बगुले, नीले सारस और श्वेत हंस मिलकर पानी पर और मोर जंगल में कूकने लगे तो उसके साथ ही वीणा की मस्त कर देने वाली लय से मिश्रित प्रेमगान सुनाई देना आरंभ हुआ। भगवान अब तक संसार की चिंता में संलग्न थे, अब चौंके और कहा, ''देखो! कवि वाल्मीकि सूर्य को नमस्कार कर रहा है।''

कुछ समय के पश्चात् केसरिया पर्दे जो चांदनी को ढके हुए थे उठ गए और सरोवर के समीप कवि वाल्मीकि प्रकट हुए। मनुष्य के रूप में बदले हुए कमल के फूल को देखकर उन्होंने वाद्ययंत्र बजाना बंद कर दिया। वीणा उनके हाथों से गिर पड़ी, दोनों हाथ जंघाओं पर जा लगे। वह खड़े-के-खड़े रह गए। जैसे सर्वथा किंकर्तव्यविमूढ़ थे।

भगवान ने पूछा, ''वाल्मीकि क्या बात है, मौन हो गए?''

वाल्मीकि बोले, ''महाराज, आज मैंने प्रेम का पाठ पढ़ा है।'' बस इससे अधिक कुछ न कह सके।

विष्णु भगवान का मुख सहसा चमक उठा। उन्होंने कहा, ''सुंदर कामिनी! मुझको तेरे लिए योग्य स्थान मिल गया। जा कवि के हृदय में निवास कर।''

भगवान ने वाल्मीकि के हृदय को शीशे के समान निर्मल बना दिया था। वह सुंदरी अपने निर्वाचित स्थान में प्रविष्ट हो रही थी, किंतु जैसे ही उसने वाल्मीकि के हृदय की गहराई को मापा, उसका मुख पीला पड़ गया और उस पर भय छा गया।

देवता को आश्चर्य हुआ।

बोले, ''क्या कवि-हृदय में भी रहने से डरती हो?''

''महाराज, आपने मुझे किस स्थान पर रहने की आज्ञा दी है। मुझको तो उस एक ही हृदय में नगराज के शिखर, अजीब जंतुओं से भरी हुई जल की अथाह गहराई और अजंता की अंधेरी गुफाएं आदि सब-कुछ दृष्टिगोचर होता है। इसलिए महाराज मैं भयभीत होती हूं।''

यह सुनकर विष्णु भगवान मुस्काए और बोले, ''मनुष्य के रूप में परिवर्तित सुमन रत्न। यदि कवि के हृदय में हिम है तो तुम वसंत ऋतु की उष्ण समीर का झोंका बन जाओगी, जो हिम को भी पिघला देगा। यदि उसमें जल की गहराई है तो तुम उस गहराई में मोती बन जाओगी। यदि निर्जन वन है तो तुम उसमें सुख और शांति के बीज बो दोगी। यदि अजंता की गुफा है तो तुम उसके अंधेरे में सूर्य की किरण बनकर चमकोगी।''

कवि ने इस बीच में बोलने की शक्ति प्राप्त कर ली थी। उसकी ओर देखते ही भगवान विष्णु ने इतना और कहा, ''जाओ, यह वस्तु तुम्हें देता हूं, इसे लो और सुखी रहो।''

❏ ❏

8

समाज का शिकार

मैं जिस युग का वर्णन कर रहा हूं उसका न आदि है न अंत! वह एक बादशाह का बेटा था और उसका महलों में लालन-पालन हुआ था, किंतु उसे किसी के शासन में रहना स्वीकार न था। इसलिए उसने राजमहलों को तिलांजलि देकर जंगलों की राह ली। उस समय देशभर में सात शासक थे। वह सातों शासकों के शासन से बाहर निकल गया और ऐसे स्थान पर पहुंचा जहां किसी का राज्य न था।

आखिर शाहजादे ने देश को क्यों छोड़ा?

इसका कारण स्पष्ट है कि कुएं का पानी अपनी गहराई पर संतुष्ट है। नदी का जल तटों की जंजीरों में जकड़ा हुआ है, किंतु जो पानी पहाड़ की चोटी पर है उसे हमारे सिरों पर मंडराने वाले बादलों में बंदी नहीं बनाया जा सकता।

शाहजादा भी ऊंचाई पर था और यह कल्पना भी न की जा सकती थी कि वह इतना विलासी जीवन छोड़कर जंगलों, पहाड़ों और मैदानों में दृढ़ता से सामना करेगा। इस पर भी बहादुर शाहजादा भयावने जंगल को देखकर भयभीत न हुआ। उसकी राह में सात समुद्र थे और न जाने कितनी नदियां? किंतु उसने सबको अपने साहस से पार कर लिया।

मनुष्य शिशु से युवा होता है और युवा से वृद्ध होकर मर जाता है, और फिर शिशु बनकर संसार में आता है। वह इस कहानी को

अपने माता-पिता से अनेक बार सुनता है कि भयानक समुद्र के किनारे एक किला है। उसमें एक शाहजादी बंदी है, जिसे मुक्त कराने के लिए एक शाहजादा जाता है।

कहानी सुनने के पश्चात् वह चिंतन की मुद्रा में कपोलों पर हाथ रखकर सोचता कि कहीं मैं ही तो वह शाहजादा नहीं हूं।

जिन्नों के द्वीप की दशा सुनकर उसके हृदय में विचार उत्पन्न हुआ कि मुझे एक दिन शाहजादी को बंदीगृह से मुक्ति दिलाने के लिए उस द्वीप को प्रस्थान करना पड़ेगा। संसार वाले मान-सम्मान चाहते हैं, धन-ऐश्वर्य के इच्छुक रहते हैं, प्रसिद्धि के लिए मरते हैं, भोग-विलास की खोज में लगे रहते हैं, किंतु स्वाभिमानी शाहजादा सुख-चैन का जीवन छोड़कर अभागी शाहजादी को जिन्नों के भयानक बंदीगृह से मुक्ति दिलाने के लिए भयानक द्वीप का पर्यटन करता है।

2

भयानक तूफानी सागर के सम्मुख शाहजादे ने अपने थके हुए घोड़े को रोका; किंतु पृथ्वी पर उतरना था कि सहसा दृश्य बदल गया और शाहजादे ने आश्चर्यचकित दृष्टि से देखा कि सामने एक बहुत बड़ा नगर बसा हुआ है। ट्राम चल रही है, मोटरें दौड़ रही हैं, दुकानों के सामने खरीददारों की और दफ्तरों के सामने क्लर्कों की भीड़ है। फैशन के मतवाले चमकीले वस्त्रों से सुसज्जित चहुं ओर घूम-फिर रहे हैं। शाहजादे की यह दशा कि पुराने कुर्ते में बटन भी लगे हुए नहीं। वस्त्र मैले, जूता फट गया, हरेक व्यक्ति उसे घृणा की दृष्टि से देखता है किंतु उसे चिंता नहीं। उसके सामने एक ही उद्देश्य है और वह अपनी धुन में मग्न है।

अब वह नहीं जानता कि शाहजादी कहां है?

वह एक अभागे पिता की अभागी बेटी है। धर्म के ठेकेदारों ने

उसे समाज की मोटी जंजीरों में जकड़कर छोटी अंधेरी कोठरी के द्वीप में बंदी बना दिया है। चहुं ओर पुराने रीति-रिवाज और रूढ़ियों के समुद्र घेरा डाले हुए हैं।

क्योंकि उसका पिता निर्धन था और वह अपने होने वाले दामाद को लड़की के साथ अमूल्य धन-संपत्ति न दे सकता था। इसलिए किसी सज्जन खानदान का कोई शिक्षित युवक उसके साथ विवाह करने पर सहमत न होता था। लड़की की आयु अधिक हो गई। वह रात-दिन देवताओं की पूजा-अर्चना में लीन रहती थी। उसके पिता का स्वर्गवास हो गया और वह अपने चाचा के पास चली गई।

चाचा के पास नकद रुपया भी था और काफी मकान आदि भी। अब उसे सेवा के लिए मुफ्त की सेविका मिल गई। वह सवेरे से रात के बारह बजे तक घर के काम-काज में लगी रहती।

बिगड़ी दशा का शाहजादा उस लड़की के पड़ोस में रहने लगा। दोनों ने एक-दूसरे को देखा। प्रेम की जंजीरों ने उनके हृदयों से विवाह कर दिया। लड़की जो अब तक पैरों से कुचली हुई कोमल कली की भांति थी उसने प्रथम बार संतोष और शांति की सांस ली।

किंतु धर्म के ठेकेदार यह किस प्रकार सहन कर सकते थे कि कोई दुखित स्त्री लोहे की जंजीरों से छुटकारा पाकर सुख का जीवन व्यतीत कर सके।

उसका विवाह क्या हुआ एक प्रलय उपस्थित हो गई। प्रत्येक दिशा में शोर मचा कि 'धर्म संकट में है, 'धर्म संकट में है।'

चाचा ने मूछों पर ताव देकर कहा, ''चाहे मेरी संपूर्ण संपत्ति नष्ट ही क्यों न हो जाए, अपने कुल के रीति-रिवाजों की रक्षा करूंगा।''

बिरादरी वाले कहने लगे, ''एक समाज की सुरक्षा हेतु लाखों रुपया बलिदान कर देंगे'', और एक धर्म के पुजारी सेठ ने कहा, ''भाई कलयुग है, कलियुग। यदि हम अचेत रहे तो धर्म विलय हो जाएगा। आप सब महानुभाव रुपये-पैसे की चिंता न करें, यदि यह

मेरा महान कोष धर्म के काम न आया, तो फिर किस काम आएगा? तुम तुरंत इस पापी चांडाल के विरुद्ध अभियोग आरंभ करो।''

अभियोगी न्यायालय में उपस्थित हुआ। अभियोगी की ओर से बड़े-बड़े वकील अपने गाऊन फड़काते हुए न्यायालय पहुंचे। अभागी लड़की के विवाह के लिए तो कोई एक पैसा भी खर्च करना न चाहता था, किंतु उसे और उसके पति को जेल भिजवाने के लिए रुपयों की थैलियां खुल गईं।

नौजवान अपराधी ने चकित नेत्रों से देखा।

विधान की किताबों को चाटने वाली दीमकें दिन को रात और रात को दिन कर रही थीं।

धर्म के ठेकेदारों ने देवी-देवताओं की मन्नत मानी। किसी के नाम पर बकरे बलिदान किए गए, किसी के नाम पर सोने का तख्त चढ़ाया गया। अभियोग की क्रिया तीव्र गति से आरंभ हुई। बिगड़ी हुई दशा वाले शाहजादे की ओर से न कोई रुपया व्यय करने वाला था न कोई पक्ष-समर्थन करने वाला।

न्यायाधीश ने उसे कठिन कारावास का दंड दिया।

मंदिरों में प्रसन्नता के घंटे-घड़ियाल बजाए गए, संपूर्ण शक्ति से शंख बजाए गए, देवी और देवताओं के नाम बलि दी गई, पुजारियों और महंतों की बन आई। सब आदमी खुशी से परस्पर धन्यवाद और साधुवाद देकर कहने लगे,

''भाइयो! यह समय कलियुग का है परंतु ईश्वर की कृपा से धर्म अभी जीवित है।''

3

शाहजादा अपनी सजा काटकर कारावास से वापिस आ गया किंतु उसका लंबा-चौड़ा पर्यटन अभी समाप्त न हुआ था। वह संसार में अकेला था, कोई भी उसका संगी-साथी नहीं। संसार वाले उसे

दंडी (सजायाफ्ता) कहकर उसकी छाया से भी बचते हैं।

सत्य है इस संसार में राज-नियम भी ईश्वर है।

फिर ईश्वर के अपराधी से सीधे मुंह बात करना किसे सहन हो सकता है?

लंबी-चौड़ी मुसाफिरी तो उसकी समाप्त न हुई; किंतु उसके चलने का अंत हो गया। उसके जख्मी पांवों में चलने की शक्ति शेष न रही।

वह थककर गिर पड़ा, रोगी था...बहुत अधिक रोगी। उस असहाय पथिक की सेवा-सुश्रूषा कौन करता?

किंतु उसकी अवस्था पर एक सुहृदय देवता का हृदय दुखा। उसका नाम 'काल' था। उसने शाहजादे की सेवा-सुश्रूषा की। उसने सिर पर स्नेह से हाथ फेरा और उसके साथ शाहजादा उस संसार में पहुंच गया जहां न समाज है और न उसके अन्याय और न अन्यायी।

बच्चा आश्चर्य से अपनी मां की गोद में यह कहानी सुनता है और अपने फूल-से कोमल कपोलों पर हाथ रखकर सोचता है, कहीं वह शाहजादा मैं ही तो नहीं हूं।

❑ ❑

9
यह स्वतंत्रता

पाठक चक्रवर्ती अपने मुहल्ले के लड़कों का नेता था। सब उसकी आज्ञा मानते थे। यदि कोई उसके विरुद्ध जाता तो उस पर आफत आ जाती, सब मुहल्ले के लड़के उसको मारते थे। आखिरकार बेचारे को विवश होकर पाठक से क्षमा मांगनी पड़ती। एक बार पाठक ने एक नया खेल सोचा। नदी के किनारे एक लकड़ी का बड़ा लट्ठा पड़ा था, जिसकी नौका बनाई जाने वाली थी। पाठक ने कहा, ''हम सब मिलकर उस लट्ठे को लुढ़काएं, लट्ठे का स्वामी हम पर क्रुद्ध होगा और हम सब उसका मजाक उड़ाकर खूब हंसेंगे।'' सब लड़कों ने उसका अनुमोदन किया।

जब खेल आरंभ होने वाला था तो पाठक का छोटा भाई मक्खन बिना किसी से एक भी शब्द कहे उस लट्ठे पर बैठ गया। लड़के रुके और एक क्षण तक मौन रहे। फिर एक लड़के ने उसको धक्का दिया, परंतु वह न उठा। यह देखकर पाठक को क्रोध आया। उसने कहा, ''मक्खन, यदि तू न उठेगा तो इसका बुरा परिणाम होगा।'' किंतु मक्खन यह सुनकर और आराम से बैठ गया। अब यदि पाठक कुछ हल्का पड़ता, तो उसकी बात जाती रहती बस, उसने आज्ञा दी कि लट्ठा लुढ़का दिया जाए।

लड़के आज्ञा पाते ही एक-दो-तीन कहकर लट्ठे की ओर दौड़े और सबने जोर लगाकर लट्ठे को धकेल दिया। लट्ठे को फिसलता

और मक्खन को गिरता देखकर लड़के बहुत प्रसन्न हुए किंतु पाठक कुछ भयभीत हुआ। क्योंकि वह जानता था कि इसका परिणाम क्या होगा।

मक्खन पृथ्वी पर से उठा और पाठक को लातें और घूंसे मारकर घर की ओर रोता हुआ चल दिया।

पाठक को लड़कों के सामने इस अपमान से बहुत खेद हुआ। वह नदी-किनारे मुंह-हाथ धोकर बैठ गया और घास तोड़-तोड़कर चबाने लगा। इतने में एक नौका वहां पर आई जिसमें एक अधेड़ आयु वाला व्यक्ति बैठा था। उस व्यक्ति ने पाठक के समीप आकर मालूम किया, ''पाठक चक्रवर्ती कहां रहता है?''

पाठक ने उपेक्षा भाव से बिना किसी ओर संकेत किए हुए कहा, ''वहां,'' और फिर घास चबाने लगा।

उस व्यक्ति ने पूछा, ''कहां?''

पाठक ने अपने पांव फैलाते हुए उपेक्षा से उत्तर दिया, ''मुझे नहीं मालूम।''

इतने में उसके घर का नौकर आया और उसने उससे कहा, ''पाठक, तुम्हारी मां तुम्हें बुला रही हैं।''

पाठक ने जाने से इंकार किया, किंतु नौकर चूंकि मालकिन की ओर से आया था, इस वजह से वह उसको जबर्दस्ती मारता हुआ ले गया?

पाठक जब घर आया तो उसकी मां ने क्रोध में आकर पूछा, ''तूने मक्खन को फिर मारा?''

पाठक ने उत्तर दिया, ''नहीं तो, तुमसे किसने कहा?''

मां ने कहा, ''झूठ मत बोल, तूने मारा है।''

पाठक ने फिर उत्तर दिया, ''नहीं यह बिल्कुल असत्य है, तुम मक्खन से पूछो।''

मक्खन चूंकि कह चुका था कि मुझे मारा है इसलिए उसने अपने

शब्द कायम रखे और दोबारा फिर कहा, ''हां-हां तुमने मारा है।''

यह सुनकर पाठक को क्रोध आया और मक्खन के समीप आकर उसे मारना आरंभ कर दिया। उसकी मां ने उसे तुरंत बचाया और पाठक को मारने लगी। उसने अपनी मां को धक्का दे दिया। धक्के से फिसलते हुए उसकी मां ने कहा, ''अच्छा, तू अपनी मां को भी मारना चाहता है।''

ठीक उसी समय वह अधेड़ आयु का व्यक्ति घर में आया और कहने लगा, ''क्या किस्सा है?''

पाठक की मां ने पीछे हटकर आने वाले को देखा और तुरंत ही उसका क्रोध आश्चर्य में परिवर्तित हो गया। क्योंकि उसने अपने भाई को पहचाना और कहा, ''क्यों दादा, तुम यहां? कैसे आए?'' फिर उसने नीचे को झुकते हुए उसके चरण छुए।

उसका भाई विशंभर उसके विवाह के पश्चात् बंबई चला गया था, वह व्यापार करता था। अब कलकत्ता अपनी बहन से मिलने आया, क्योंकि बहन के पति की मृत्यु हो गई थी।

कुछ दिन तो बड़ी प्रसन्नता के साथ बीते। एक दिन विशंभर ने दोनों लड़कों की पढ़ाई के विषय में पूछा।

उसकी बहन ने कहा, ''पाठक हमेशा दुःख देता रहता है और बहुत चंचल है, किंतु मक्खन पढ़ने का बहुत इच्छुक है।''

यह सुनकर उसने कहा, ''मैं पाठक को बंबई ले जाकर पढ़ाऊंगा।''

पाठक भी चलने के लिए सहमत हो गया। मां के लिए यह बहुत हर्ष की बात थी, क्योंकि वह सर्वदा डरा करती थी कि कहीं किसी दिन पाठक मक्खन को नदी में न डुबो दे या उसे जान से न मार डाले।

पाठक प्रतिदिन मामा से पूछता था कि तुम किस दिन चलोगे। आखिर को चलने का दिन आ गया। उस रात पाठक से सोया भी न

गया, सारा दिन जाने की खुशी में इधर-उधर फिरता रहा। उसने अपनी मछली पकड़ने की हत्थी, पत्थर के छोटे-छोटे टुकड़े और बड़ी पतंग भी मक्खन को दे दी, क्योंकि उसे जाते समय मक्खन से सहानुभूति-सी हो गई थी।

2

बम्बई पहुंचकर पाठक अपनी मामी से पहली बार मिला। वह उसके आने से कुछ प्रसन्न न हुई; क्योंकि उसके तीन बच्चे ही काफी थे। एक और चंचल लड़के का आ जाना उसके लिए आपत्ति थी।

ऐसे लड़के के लिए उसका अपना घर ही स्वर्ग होता है, उसके लिए एक नए घर में नए लोगों के साथ रहना बहुत कठिन हो गया।

पाठक को यहां पर सांस लेना कठिन हो गया। वह रात को प्रतिदिन अपने नगर के स्वप्न देखा करता और वहां जाने की इच्छा करता रहता। उसको वह स्थान याद आता जहां वह पतंग उड़ाता था और जहां वह जब कभी चाहता जाकर स्नान करता था। मां का ध्यान उसे दिन-रात विकल करता रहता। उसकी सारी शक्ति समाप्त हो गई...अब स्कूल में उससे अधिक कमजोर कोई विद्यार्थी न था। जब कभी उसका अध्यापक उससे कोई प्रश्न करता, तो वह मौन खड़ा हो जाता और चुपचाप अध्यापक की मार सहन करता। जब दूसरे लड़के खेलते तो वह अलग खड़ा होकर घरों की छतों को देखा करता।

एक दिन उसने बहुत साहस करके अपने मामा से मालूम किया, "मामाजी, मैं कब तक घर जाऊंगा?"

मामा ने उत्तर दिया, "ठहरो, जब तक कि छुट्टियां न हो जाएं।"

किंतु छुट्टियों में अभी बहुत दिन शेष थे, इसलिए उसको काफी प्रतीक्षा करनी पड़ी। इस बीच में एक दिन उसने अपनी किताब खो दी। अब उसको अपना पाठ याद करना बहुत कठिन हो गया।

प्रतिदिन उसका अध्यापक उसे बड़ी निर्दयता के साथ मारता था। उसकी दशा इतनी खराब हो गई कि उसके मामा के बेटे उसे अपना कहते हुए शरमाते थे। पाठक मामी के पास गया और कहने लगा, ''मैं स्कूल न जाऊंगा, मेरी पुस्तक खो गई है।''

मामी ने क्रोध से अपने होंठों को चबाते हुए कहा, ''दुष्ट! मैं तुझको कहां से महीने में पांच बार पुस्तक खरीद कर दूं?''

इस समय पाठक के सिर में दर्द उठा, वह सोचता था कि मलेरिया हो जाएगा; किंतु सबसे बड़ा सोच-विचार यह था कि बीमार होने के पश्चात् वह घर वालों के लिए एक आपत्ति बन जाएगा।

दूसरे दिन प्रात: पाठक कहीं भी दिखाई न दिया। उसको चारों तरफ खोजा गया किंतु वह न मिला। वर्षा बहुत तेज हो रही थी और वे व्यक्ति जो उसे खोजने गए, बिल्कुल भीग गए। आखिरकार विशंभर ने पुलिस को सूचना दे दी।

3

मध्याह्न पुलिस का सिपाही विशंभर के द्वार पर आया। वर्षा अब भी हो रही थी और सड़कों पर पानी खड़ा था। दो सिपाही पाठक को हाथों पर उठाए हुए लाए और विशंभर के सामने रख दिया। पाठक के सिर से पांव तक कीचड़ लगी हुई और उसकी आंखें ज्वर से लाल थीं। विशंभर उसको घर के अंदर ले गया, जब उसकी पत्नी ने पाठक को देखा तो कहा, ''यह तुम क्या आपत्ति ले आए हो, अच्छा होता जो तुम इसको घर भिजवा देते।''

पाठक ने यह शब्द सुने और सिसकियां लेकर कहने लगा, ''मैं घर जा तो रहा था परंतु वे दोनों मुझे जबर्दस्ती ले आए।''

ज्वर बहुत तीव्र हो गया था। सारी रात वह अचेत पड़ा रहा,

विशंभर एक डॉक्टर को लाया। पाठक ने आंखें खोलीं और छत की ओर देखते हुए कहा, ''छुट्टियां आ गई हैं क्या?''

विशंभर ने उसके आंसू पोंछे और उसका हाथ अपने हाथ में लेकर उसके सिरहाने बैठ गया। पाठक ने फिर बड़बड़ाना शुरू किया, ''मां, मां मुझे इस प्रकार न मारो, मैं सच-सच बताता हूं।''

दूसरे दिन पाठक को कुछ चेत हुआ। उसने कमरे के चहुं ओर देखा और एक ठंडी सांस लेते हुए अपना सिर तकिए पर डाल दिया।

विशंभर समझ गया और अपना मुख उसके समीप लाते हुए कहने लगा, ''पाठक, मैंने तुम्हारी मां को बुलाया है।''

पाठक फिर उसी प्रकार चिल्लाने लगा। कुछ घंटों के पश्चात् उसकी मां रोती हुई कमरे में आई। विशंभर ने उसको मौन रहने के लिए कहा, किंतु वह न मानी और अपने-आपको पाठक की चारपाई पर डाल दिया और चिल्लाते हुए कहने लगी, ''पाठक, मेरे प्यारे बेटे पाठक!''

पाठक की सांस कुछ समय के लिए रुकी, उसकी नाड़ी हल्की पड़ी और उसने एक सिसकी ली।

उसकी मां फिर चिल्लाई, ''पाठक, मेरे आंख के तारे, मेरे हृदय की कोयल!''

पाठक ने बहुत धीरे से अपना सिर दूसरी ओर किया और बिना किसी ओर देखते हुए कहा, ''मां! क्या छुट्टियां आ गई हैं?''

❑ ❑

10

भाई-भाई

दम्मी-छदामी कोरी दोनों भोर होते ही जब हंसिया-गंडासा हाथ में पकड़े काम पर निकले, तब उन दोनों की घरवालियों में खूब जोर की जंग शुरू हो गई थी। आस-पास के लोग कुदरत, अनेक प्रकार की खटपट और शोर की भांति इस घर के झगड़े और उससे पैदा हुए कोलाहल के आदी बन गए थे। जोर की चीख-पुकार और औरतों की गाली-गलौज कान में पड़ते ही लोग आपस में कहने लगते, ''लो, हो गई शुरू।'' यानी जैसी कि आशा थी, आज भी उस कुदरती सिद्धांत में कोई अंतर नहीं पड़ा।

भोर होते ही पूरब में दिवाकर के उदय होने पर जैसे कोई उसका कारण पूछने की धृष्टता नहीं करता, ठीक वैसे ही कोरियों के इस घर में जब दोनों गृहणियों में जंग और गाली-गलौज शुरू हो जाती तो फिर उसका कारण जानने के लिए आस-पास के किसी भी व्यक्ति को किंचित मात्र भी आश्चर्य नहीं होता।

हां, इतना अवश्य है कि यह कलह या रोज-रोज का झगड़ा आस-पास के लोगों की अपेक्षा दोनों भाइयों को बहुत परेशान करता है; इस घर पर भी वे इसे विशेष परेशानियों में नहीं गिनते। उनके मानसिक भाव ऐसे हैं, मानो दोनों विश्व यात्रा का लंबा सफर किसी इक्के में बैठकर काट रहे हैं और उसके बिना कमानी के पहियों के निरंतर 'घड़घड़' शब्द को उन्होंने जीवन-यात्रा के विधि-विहित सिद्धांतों में ही मिला लिया है, अपितु घर में जिस दिन कोई शोरगुल

नहीं होता, चारों ओर नीरवता-सी ही छाई रहती है। उस दिन किस प्रकार की मुसीबत आ जाए, इस बात का कोई अनुमान भी नहीं कर सकता?

हमारी कहानी का कथानक जिस दिन से आरंभ होता है, उस दिन संध्या को दोनों भाई मेहनत-मजदूरी करके थके-मांदे जब घर लौटे तो देखा कि घर में सन्नाटे का साम्राज्य है।

बाहर काफी गर्मी है। दुपहरिया-भर खूब जोर की वर्षा हुई और अब भी मेघ गरज रहे हैं। हवा का चिह्न तक भी नहीं। वर्षा से घर के चारों ओर का जंगल और घास आदि बहुत ऊंचे-ऊंचे हो गए हैं; वहां से पानी में डूबे हुए पटसन के खेत में से दुर्गंध-सी निकल रही है और उसने चारों ओर मानो एक चारदीवारी-सी खड़ी कर दी है। गुहाल के पास वाली छोटी-सी तलैया में मेढक टर्रा रहे हैं और संध्या का निस्तब्ध गगन मानो झींगुरों की ध्वनि से बिल्कुल पूर्ण-सा हो गया है।

समीप में बरसाती नदी पद्मा नए-नए बादलों से घिरकर और भयानक रूप धारण करके आजादी का रसास्वादन कर रही है। अधिकांश खेती को डुबोकर बस्ती की ओर मुंह बनाए बढ़ रही है। यहां तक कि उसने आस-पास के दो-चार आम, कटहल के वृक्षों को उखाड़कर धरा पर लिटा दिया है और उनकी जड़ें उसके पानी में से झलक रही हैं। मानो वे अपनी अंगुलियों को गगन में फैलाकर किसी अंतिम अवलंब को पकड़ने का प्रयत्न कर रही हों।

दम्मी और छदामी, उस दिन गांव के जमींदार के यहां गार में गए थे। उस पार की रेती पर धान पक गए हैं। वर्षा के पूर्व ही धान काट लेने के लिए देश के निर्धन किसान और मजदूर सब कोई अपने-अपने खेतों के काम पर पटसन काटने में लग गए हैं। केवल इन दोनों कोरियों को जमींदार के कारिंदे जबर्दस्ती बेगारी में पकड़कर ले गए

थे। जमींदार की कचहरी के छप्परों में से पानी टपक रहा था। उसकी मरम्मत के लिए और कुछ टट्टियां बनाने के लिए वे दोनों सारा दिन परिश्रम करते रहे हैं। दो टूक पेट में डालने तक का मौका नहीं मिला। कचहरी की ओर से थोड़े से चने खाने को मिल गए थे। इसके अलावा हक की मजूरी मिलनी तो दूर की बात, वहां उन्हें गालियां और फटकार ही मिलीं, वे उनकी मजूरी से कहीं अधिक ज्यादा थीं।

कीच-गारे में से किसी प्रकार निकल और पानी में होकर बड़ी मुश्किल से दोनों भाई संध्या समय घर पहुंचे? देखा तो, छोटी बहू चंदा छाती पर आंचल बिछाए चुपचाप औंधी पड़ी है। सावन की बदली की तरह उसने भी दिन-भर अश्रु बहाकर आंखों को हल्का किया है और अब शांत होकर हृदय को खूब गरम कर रखा है और बड़ी बहू अपना मुंह फैलाए द्वार पर बैठी थी, उसका डेढ़ साल का बच्चा बिलख रहा था। दोनों भाइयों ने जब घर में पैर रखा तो देखा कि बच्चा नंगा-धड़ंगा चौक में एक ओर औंधा पड़ा सो रहा है।

भूख से व्याकुल दम्मी ने घुसते ही कहा, "उठ, परोस खाने को।" बड़ी बहू राधा एक साथ जोर से बोल उठी, मानो कागज के ढेर में कोई चिनगारी पड़ गई हो, बोली, "खाने को है क्या, जो परोस दूं? चावल तू दे गया था, मैं क्या खुद जाकर कमा लाती।"

सारे दिन की थकान और डांट-फटकार सहने के बाद निराहार निरानंद अंधेरे में जलती हुई जेठाग्नि पर घरवाल के रूखे शब्द, विशेषकर आखिरी वाक्य का छिपा हुआ बुराश्तोष दम्मी को सहसा न जाने कैसे सहन न हुआ? क्रोधित सिंह की तरह वह चिल्लाकर बोला, "क्या कहा?"

इतना कहकर उसी क्षण हंसिया उठाकर घर वाली के सिर पर दे मारा। राधा अपनी देवरानी के पास जाकर गिर पड़ी और वहीं पर दम तोड़ दिया।

चंदा के वस्त्र खून से लथपथ हो गए; वह हाय अम्मा, क्या हो गया, कहकर क्रंदन कर उठी। छदामी ने आगे बढ़कर उसका मुंह दाब लिया। दम्मी हंसिया फेंककर गाल पर हाथ रखे भौंचक्के की तरह पृथ्वी पर बैठ गया। बेटा जग गया और भय के मारे चिल्ला-चिल्लाकर रोने लगा।

बाहर का वातावरण तब तक पूर्णरूप से शांत था। अहीरों के बालक गाय-भैंस चराकर गांव को लौट रहे थे। उस पार की रेती पर जो लोग धान काटने गए थे। वे पांच-पांच सात-सात की टोली में एक छोटी-सी नाव पर बैठकर, इस पार आकर अपनी मेहनत से दो-चार पूला धान का सिर पर लादे अपने-अपने घर में जा पहुंचे थे।

गांव के रामलोचन चाचा डाकखाने में पत्र डालकर घर लौट आए थे और सब कामों से निबटकर चुपचाप बैठे तंबाकू का मजा ले रहे थे। एकाएक उन्हें याद आया कि उनके किसान दम्मी पर लगान के कुछ रुपये बाकी हैं, आज के दिन वह देने का वायदा कर गया था। यह सोचकर कि अब वह काम से लौट आया होगा, रामलोचन कंधे पर दुपट्टा डालकर और हाथ में छतरी ले उसके घर की ओर चल दिए।

दम्मी और छदामी के घर में घुसते ही उनके रोंगटे खड़े हो गए। देखा तो घर में दीया तक नहीं जल रहा था। आंगन अंधेरे से भरा हुआ था और उस अंधेरे में दो-चार काली छाया-सी अस्पष्ट रूप में दिखाई दे रही थीं। रह-रहकर बरामदे में से किसी के रोने की आवाज आ रही थी और कोई उसे रोकने का प्रयत्न कर रहा था।

रामलोचन ने तनिक शरमाते हुए पूछा, ''दम्मी है क्या?''

दम्मी अब तक पाषाण प्रतिमा के समान चुपचाप बैठा था। अपना नाम सुनते ही वह सिसक-सिसककर अबोध बालक की तरह रोने लगा। छदामी झटपट बरामदे में से उतरकर रामलोचन चाचा के

पास आंगन में आ खड़ा हुआ। रामलोचन ने पूछा, ''औरतें कलह करके मुंह फुलाए पड़ी होंगी, इसी से अंधेरा है, क्यों? आज तो दिनभर चिल्लाती ही रही हैं।''

छदामी अभी तक क्या करना चाहिए, इस निर्णय पर नहीं पहुंच पाया था। अनेक प्रकार की असंभव कल्पनाएं उसके मस्तिष्क में चक्कर काट रही थीं। अभी तक वह इसी निश्चय पर पहुंचा था कि कुछ रात बीते लाश को कहीं गायब कर देगा। इसी बीच में चौधरी चाचा आन टपके, जिसकी उसे स्वप्न में भी आशा न थी। तुरंत ही उसे कोई जवाब न सूझा, कह बैठा, ''हां, आज बहुत झगड़ा हो गया।''

चौधरी रामलोचन बरामदे की ओर बढ़ते हुए बोले, ''इसके लिए दम्मी क्यों आंसू बहा रहा है?''

छदामी ने देखा कि अब बचने की कोई आशा नहीं तो कह उठा, ''लड़ते-लड़ते छोटी बहू ने बड़ी बहू के माथे पर हंसिया मार दिया है।''

इंसान आई हुई मुसीबत को ही बड़ा समझता है, उसके अलावा और भी कोई मुसीबत आ सकती है—यह बात शीघ्र ही उसके दिमाग में नहीं घुस पाती। छदामी उस समय इसी सोच में पड़ा हुआ था कि इस भयानक सजाई के पंजे से कैसे छुटकारा मिले? लेकिन झूठ उससे भी बढ़कर मुसीबत खड़ी कर सकता है, इस बात का उसे तनिक भी ध्यान न था। रामलोचन के पूछते ही तुरंत ही उसके दिमाग में जो उत्तर सूझा वही उसने कह डाल रामलोचन ने चौंककर पूछा, ''ऐं, क्या कहा! मरी तो नहीं?''

छदामी ने उत्तर दिया, ''मर गई!'' इतना कहकर उनके पांवों पर गिर पड़ा।

चौधरी महाशय बड़े असमंजस में फंस गए। सोचा कि भगवान ने न जाने संध्या समय कौन-सा मुसीबत में फंसा दिया? कचहरी में

गवाही देते-देते प्राण खुश्क हो जाएंगे। छदामी ने किसी प्रकार भी उनके चरणों को नहीं छोड़ा, बोला, ''चौधरी चाचा, अब मैं बहू के बचाने के लिए क्या करूं?''

अभियोग के विषय में परामर्श देने में चौधरी रामलोचन गांव भर के प्रधानमंत्री थे। उन्होंने तनिक विचारकर कहा, देख एक काम कर, तू अभी दौड़ जा थाने में, कहना कि मेरे बड़े भाई दम्मी ने शाम पीछे घर आकर खाने को मांगा था। खाना तैयार नहीं था, सो उसने अपनी बहू के माथे पर हंसिया मार दिया है। मैं ठीक बता रहा हूं। ऐसा करने से तेरी बहू बच जाएगी।''

छदामी का कंठ सूखने लगा, उठकर बोला, ''चौधरी चाचा, बहू तो और मिल जाएगी, लेकिन भाई को फांसी हो जाने पर फिर भाई नहीं मिल सकेगा। जब उसने अपनी घर वाली के माथे पर दोष मढ़ा था तब उसने यह बातें नहीं सोची थीं। भय के कारण एक बात मुंह से निकल गई, तब अलक्षित विचारों से उसका मन अपने लिए युक्तियां एकत्रित करने लगा।

चौधरी ने भी उसकी बात को युक्तिसंगत माना, बोले, ''तब फिर जैसा हुआ है वैसा ही कहना, सब ओर से बचाव होना तो बहुत कठिन है छदामी!'' इतना कहकर रामलोचन वहां से चल दिए और देखते-देखते सारे गांव में इस बात की चर्चा हो गई कि कोरियों के घर की छोटी बहू ने गुस्से में बड़ी बहू के हंसिया दे मारा है।

बांध टूटने पर जैसे ही बाढ़ आ जाती है उसी प्रकार कोरियों के घर पुलिस आ धमकी। अपराधी और निरपराधी उन्हें देखकर घबरा उठे।

2

छदामी ने निर्णय किया कि जिस राह को अपनाया है उसे उसी पर चलना ठीक होगा, क्योंकि उसने चौधरी चाचा के सामने जो बात

कह डाली है उसे गांव का बच्चा-बच्चा जान गया है। अब यदि और कोई बात कही जाए तो न जाने उसका नतीजा क्या निकले?

उसकी बुद्धि मारी गई। उसने अपनी बहू से अनुरोध किया कि वह इस बात को अपने ऊपर ले ले। सुनते ही उस पर मानो ज्वालामुखी पहाड़ फट पड़ा। उसने धीरज बंधाते हुए कहा, ''अरी पगली! ऐसा करने में किसी बात का डर नहीं है, हम लोग तुझे जरूर बचा लेंगे।'' धीरज बंधा तो सही पर उसका गला सूख गया और चेहरे का रंग पीला पड़ गया।

चंद की आयु सत्रह-अठारह वर्ष के लगभग होगी। चेहरा भरा हुआ और गोल-मटोल, बदन मंझोला और गठा हुआ, अंग-प्रत्यंग सौष्ठव से परिपूर्ण, चाल अति सुंदर, आस-पास के लोगों के घर जाकर गप-शप करना उसकी दिनचर्या है और बगल में पानी की गागर लिए पनघट जाते समय वह दो अंगुलियों से अवगुंठन में तनिक-सा छिद्र करके चमकीली चंचल काली आंखों से जो कुछ देखने लायक वस्तु होती है, उसे देख लिया करती है।

बड़ी बहू ठीक इससे उल्टी थी। आलसिन, फूहड़ और बेशऊर सिर का कपड़ा गोद का बच्चा, घर का काम कुछ भी उससे न संभलता था। हाथ में न तो कोई खास काम-काज होता और न फुर्सत। छोटी बहू उससे अधिक कुछ कहती-सुनती न थी। हां, मीठे स्वर में ही दो-एक पैने दांत गड़ा देती और हाय-हाय ही-ही करके क्रोध में बकती-झकती रहती और इस प्रकार मुहल्ले भर की नाक में दम करती रहती।

पर इन दो गृहस्थियों में भी स्वभाव की आश्चर्यजनक एकता थी। दम्मी देह में कुछ लंबा चौड़ा, हट्टा-कट्टा है, चौड़ी हड्डियां, भद्दी नासिका, दुनिया से अनभिज्ञ आंखें। ऐसा भोला-भाला किंतु भयानक आदमी कोई बिरला ही होगा।

और छदामी ऐसा लगता था जैसे किसी काले पत्थर को बड़ी मेहनत से कोंदकर कोई प्रतिमा तैयार की गई हो।

तनिक भी कहीं बाहुल्य एवं समानता नहीं, उसका प्रत्येक अंग स्थूल एवं शक्ति से परिपूर्ण था। चाहे तो ऊंची से ऊंची चट्टान से नीचे कूद पड़े, चाहे किसी पेड़ की टहनियों को एकदम खाक कर दे। हरेक कार्य में उसके चातुर्य की स्पष्ट झलक दिखाई देती थी। वह बड़े-बड़े काले बालों को तेल में डुबो बड़े जतन से कंधे तक लटकाए रहता था। इससे स्पष्ट था कि वह अपनी देह की सजावट में विशेष ध्यान रखता है।

और...और ग्रामवासियों के सौंदर्य की ओर से वास्तव में वह उदासीन न था, फिर भी अपनी घरवाली को बहुत चाहता था। दोनों में झगड़ा भी होता और मेल-जोल भी कोई किसी को हरा नहीं पाता था? दोनों ही अनेक दावों को खेलते हुए जीवन की डगर में आगे बढ़े चले जा रहे थे।

इस दुर्घटना के कई दिन पहले से दंपति में बहुत अधिक तनातनी चल रही थी। बात यह थी कि चंदा ने देखा कि उसका घरवाला काम के बहाने कभी-कभी दूर चला जाता है, यहां तक कि दो-एक दिन बाहर बिताकर घर लौटता है और कुछ कमा-धमाकर लाता नहीं। उसके बुरे लक्षणों के कारण वह उस पर कड़ी नजर रखने लगी और ज्यादती भी करने लगी। उसने भी पनघट पर चक्कर काटने शुरू कर दिए और मोहल्ले भर में अच्छी तरह घूम-फिरकर घर आकर काशीप्रसाद के मंझले बेटे की बहुत प्रशंसा करने लगी।

इससे परिणाम यह निकला कि छदामी के दिन और रातों में मानो किसी ने विष घोल दिया? काम-धंधों में उसे पल-भर के लिए चैन नहीं पड़ता। इसके लिए उसने एक बार भाभी को खूब डांटा-फटकारा। जवाब में भाभी ने खूब हाथ हिलाकर, झमक-झमककर उसके स्वर्गीय

बाप को संबोधन करके कहना शुरू कर दिया, ''वह औरत आंधी के आगे-आगे भागती है, उसे मैं सम्हालूं। मैं तो सब कुछ समझती हूं, किसी दिन खानदान की आबरू मिट्टी में मिला देगी!''

बगल के कोठे में चंदा बैठी थी। उसने बाहर आकर धीमे स्वर में कहा, ''दीदी, तुम्हें इतना डर क्यों?'' बस फिर क्या था, दोनों में महाभारत छिड़ गई।

छदामी ने गुर्राकर कहा, ''देख, अबकी अगर सुना कि तू अकेली पनघट पर गई है तो तेरी हड्डी-पसली एक कर दूंगा।''

चंदा ने भभककर रहा, ''तब तो मेरा कलेजा ही ठंडा हो जाएगा।'' और कहती हुई वह बाहर जाने को तैयार हो गई।

छदामी ने उसकी चुटिया घसीटकर उसे कोठे के भीतर धकेल दिया और बाहर से दरवाजे में ताला डाल दिया।

संध्या समय जब छदामी घर लौटा तो देखा कि कोठा खुला पड़ा है, उसमें कोई भी नहीं है। चंदा तीन गांव लांघकर सीधी अपनी नानी के घर पहुंच गई है।

छदामी बड़ी मुश्किल से घरवाली को मनाकर वहां से घर वापस ले आया और अबकी बार उसने हार मान ली और फिर उसने किसी प्रकार की उससे जबर्दस्ती नहीं की, लेकिन उसका मन अशांत रहने लगा। घरवाली के प्रति शंका के भाव उसके हृदय में शूल बनकर गड़ने लगे और जब कभी वह उसकी तीव्र पीड़ा से अधिक बेचैन हो जाता तो उसकी इच्छा होती कि काश, यह मर जाए तो पिंड छूटे। इंसान से इंसान को जितनी ईर्ष्या या जलन होती है उतनी संभवत: यमराज को भी नहीं।

इसी बीच घर में यह दुर्घटना घट गई।

चंदा से जब उसके घरवाले ने हत्या का दोष ले लेने के लिए कहा तो वह भौंचक्की होकर देखती रह गई, उसकी कजरारी आंखें अग्नि के समान छदामी को जलाने लगीं। उसका सारा शरीर और मन

संकुचित होकर इस राक्षस के पंजे से निकलकर भागने का प्रयत्न करने लगा। उसकी अंतर्रात्मा विमुख होकर अपने ही घरवाले के प्रति विद्रोह कर बैठी।

छदामी ने बहुतेरा उसको ढाढस बंधाया कि तेरे डरने की कोई बात नहीं है। इसके बाद उसने थाने में और अदालत में जज के सामने उसे क्या कहना होगा, बार-बार सिखा-पढ़ाकर सब ठीक-ठाक कर दिया; लेकिन चंदा ने लंबा-चौड़ा उसका व्याख्यान बिल्कुल भी नहीं सुना, वह पाषाण-प्रतिमा के समान वहां चुपचाप बैठी रही।

सभी कामों में दम्मी छदामी के भरोसे रहता है। छदामी ने जब चंदा पर सारा दोष मढ़ने की बात कही, तो दम्मी ने पूछा, "फिर बहू का क्या होगा?"

छदामी ने कहा, "उसे मैं बचा लूंगा।"

भाई की बात सुनकर 'हां-हां' कर दम्मी निश्चिंत हो गया।

छदामी ने चंदा को सिखा दिया था कि तू कहना दीदी मुझे हंसिया लेकर मारने आई थी, सो मैं भी हंसिया ले उसे रोकने लगी, अचानक वह उसके लग गया। ये सब बातें चौधरी रामलोचन की बनाई हुई थीं। इनके अनुकूल जिन-जिन बातों और सबूतों की आवश्यकता थी, वे सब बातें भी उन्होंने विस्तार से छदामी को समझा दी थीं।

पुलिस ने आकर जोरों से तहकीकात करनी शुरू कर दी। लगभग सभी आस-पास के लोगों के मन में यह बात घर कर गई थी कि चंदा ने ही जिठानी की हत्या की है। सभी गांव वालों के बयानों से ऐसा ही सिद्ध हुआ। पुलिस की ओर से चंदा से जब पूछा गया तो उसने कहा, "हां, मैंने ही खून किया?"

"क्यों खून किया?"

"मुझसे वह डाह रखती थी।"

"कोई झगड़ा हुआ था?"

"नहीं।"

"वह तुम्हें पहले मारने आई थी?"
"नहीं।"
"तुम पर किसी किस्म का अत्याचार किया था?"
"नहीं।"

इस प्रकार का उत्तर सुनकर सब देखते रह गए।

छदामी एकदम घबरा गया, बोला, "यह ठीक नहीं कह रही है। पहले बड़ी बहू..."

थानेदार ने उसे डांटकर चुप करा दिया। अंत तक अनेक बार जिरह करने पर भी वही एक प्रकार का उत्तर मिला। बड़ी बहू की ओर से किसी प्रकार का हमला होना चंदा ने किसी प्रकार भी स्वीकार नहीं किया?

ऐसी जिद्दी औरत शायद ही कहीं देखने में आती हो। वह तो जी-जान से कोशिश करके फांसी के तख्ते की ओर झुकी जा रही है, किसी भी तरह रोके नहीं रुकती? यह कैसा रूठना है? चंदा शायद मन-ही-मन कह रही थी कि मैं तुम्हें छोड़कर अपनी इस जवानी को लेकर फांसी के तख्ते पर चढ़ जाऊंगी, फांसी की रस्सी को गले लगाऊंगी, मेरे इस जन्म का आखिरी बंधन उसी के साथ है।

बंदिनी होकर चंदा, फिर परिचित गांव के रास्ते से, जगन्नाथ जी के शिवालय के पास से, बीच बाजार से, घाट के तट से, मजूमदारों के घर के सामने से डाकखाना और स्कूल के बगल से, सभी परिचित लोगों की आंखों के सामने से कलंक का दाग माथे पर लगाकर सदैव के लिए घर छोड़कर चली गई। गांव के बालकों का एक झुंड पीछे-पीछे चला जा रहा था और गांव की औरतें, उसकी सखी-सहेलियां, कोई घूंघट की सेंध में से, कोई दरवाजे की बगल में से और कोई वृक्ष की ओट में से सिपाहियों से घिरी चंदा को जाती देख लज्जा से, घृणा से और भय से रोमांचित हो उठीं।

दुर्लभ ई. साहित्य कार्नर

डिप्टी मजिस्ट्रेट के सामने चंदा ने अपना ही दोष स्वीकार किया और दुर्घटना से पहले बड़ी बहू ने उस पर किसी प्रकार की ज्यादती या जुल्म किया था। यह बात उसके मुंह से किसी भी प्रकार निकली ही नहीं।

पर छदामी उस दिन गवाह के कचहरी पहुंचते ही रो दिया; और हाथ जोड़कर बोला, ''दुहाई है हुजूर, मेरी बहू का कोई कसूर नहीं।'' हाकिम ने रोबीले स्वर में उसे रोककर प्रश्न पर प्रश्न करना शुरू किया। उसने एक-एक करके सारी की सारी वारदात कह सुनाई।

पर हाकिम ने उसकी बात का विश्वास नहीं किया। कारण, गांव के चौधरी रामलोचन ने गवाह रूप में कहा, ''खून होने के थोड़ी देर बाद मैं इनके घर पहुंचा था। गवाह छदामी ने सब बातें कबूल करके मेरे पैरों में गिरकर कहा था कि बहू को किस प्रकार बचाऊं, कोई सलाह दीजिए। गवाह ने मुझसे कहा कि मैं यदि कहूं कि मेरे बड़े भाई ने खाने को मांगा था, सो उसने दिया नहीं, इस पर गुस्से में आकर भाई ने अपनी घरवाली पर हंसिया का वार किया, जिससे उसने उसी समय दम तोड़ दिया, तो वह बच जाएगा।''

मैंने कहा, ''खबरदार हरामजादे, अदालत में एक कथन भी झूठ का न बोलना, इससे बढ़कर महापाप और नहीं है....''

रामलोचन ने पहले चंदा को बचाने के लिए बहुत-सी बातें बना ली थीं, किंतु जब देखा कि चंदा खुद ही अड़कर फंस रही है, तब सोचा कि कहीं मुझे ही झूठे जुल्म की गवाही में न फंसना पड़े। इससे जितना जानता हूं उतना ही कहना अच्छा है। यह सोचकर उन्होंने ही कहा और उसे कहने में किसी प्रकार की कोई कसर उठाकर न रखी।

डिप्टी मजिस्ट्रेट ने इस केस को सेशन के सुपुर्द कर दिया।

इस बीच में खेतीबारी, हाट बाजार, रोना-हंसना आदि संसार के सभी काम चलने लगे। पहले के समान सारे धान के खेतों में सावन के मेघ बरस उठे।

पुलिस मुल्जिम और गवाहों को लेकर सेशन जज की अदालत में पहुंची। इजलास लगा हुआ था। बहुत से लोग अपने-अपने मुकदमे की पेशी की इंतजारी में बैठे थे। कोई मुकदमा चल रहा था। छदामी ने खिड़की से झांककर रोजमर्रा की इस आकुल-व्याकुल दुनिया को एक नजर से देखा। सब कुछ उसे सपना मालूम हुआ। अदालत के अहाते के भीतर के वटवृक्ष पर से एक कोयल कूक उठी।

अपनी पेशी पर चंदा ने झुंझला कर जज के सामने कहा, ''तुम जिस दोष को अपने सिर पर ले रही हो, उसकी सजा जानती हो, क्या है?''

चंदा ने कहा, ''नहीं।''

जज ने मुस्कराते हुए कहा, ''फांसी यानी मौत।''

उसे सुनते ही चंदा के होश उड़ गए। उसने गिड़गिड़ाते हुए कहा, ''साहब, आपके पैरों पड़ती हूं, मुझे यही सजा दो, मुझसे अब दुनिया की बातें सही नहीं जातीं।''

जब छदामी को अदालत में पेश किया गया तो चंदा ने उसकी ओर से मुंह फेर लिया।

जज ने पूछा, ''गवाह की ओर देखकर बताओ, यह तुम्हारा कौन लगता है?''

चंदा ने अपने मुंह को हाथों से ढककर कहा, ''यह मेरा घरवाला है साहब?''

जज, ''तुम्हें यह चाहता है?''

चन्दा, ''बहुत ज्यादा हजूर!''

जज, ''तुम उसे नहीं चाहतीं हजूर!''

तभी छदामी ने बीच में ही कहा, ''हजूर, खून तो मैंने किया है।''

जज ने प्रश्न किया, ''क्यों?''

दुर्लभ ई. साहित्य कार्नर

छदामी ने कहा, ''खाने को मांगा था, सो उसने दिया नहीं।''
दम्मी जब गवाही देने आया बेहोश होकर गिर पड़ा।

होश आने पर उसने कहा, ''हजूर! खून तो मैंने किया है।

''क्यों?''

''खाने को मांगा था, सो उसने दिया ही नहीं।''

बहुत जिरह और गवाहों के बयान के बाद जज ने साफ-साफ समझ लिया कि घर की बहू को फांसी से बचाने के लिए दोनों भाई कसूर मंजूर कर रहे हैं। लेकिन चंदा थाने से लेकर सेशन अदालत तक एक ही बात बराबर कहती आ रही थी। उसकी बात में तनिक भी कहीं अंतर नहीं पड़ा। दो वकीलों ने स्वत: प्रवृत्त होकर उसे फांसी के फंदे से बचाने का बहुत प्रयत्न किया; लेकिन अंत में हार माननी पड़ी।

जिन दिन तनिक-सी आयु में एक काली-काली छोटी-मोटी लड़की अपना गोल-मोल चेहरा लिए, गुड्डा-गुड़िया फेंककर अपने माता-पिता का संग छोड़कर ससुराल आई थी। उस दिन रात को शुभ लग्न के वक्त आज दिन की कौन सोच सकता था? उसके पिता ने अंतिम समय में यह कहा था कि खैर, कुछ भी हो मेरी लड़की तो ठीक-ठिकाने से लग गई।

फांसी से पूर्व, जेलखाने में सिविल सर्जन ने चंदा से पूछा, ''किसी को देखने की इच्छा हो तो बोलो!''

चंदा ने उत्तर दिया, ''बस एक बार अपनी मां को देखना चाहती हूं।''

सिविल सर्जन ने पुन: कहा, ''तुम्हारा घरवाला तुम्हें मिलना चाहता है, उसे बुलवा लिया जाए।''

चंदा ने उद्विग्न होकर कहा, ''उहूं हूं, मौत भी नहीं आई।''

❏ ❏

11

हालदार परिवार

इस परिवार में किसी प्रकार का झगड़ा होने का कोई संगत कारण नहीं था। अवस्था भी अच्छा थी, लोग भी अच्छे थे। पर फिर भी झगड़ा खड़ा हो गया। क्योंकि संगत कारण होने पर ही मनुष्य का सब-कुछ घटित होता तब तो मानवजगत गणित की कॉपी के समान होता। जरा-सी सावधानी बरतते ही हिसाब में कहीं कोई भूल न होती; और यदि हो भी जाती तो उसे रबर से मिटाकर संशोधन करने से ही काम चल जाता।

किंतु मनुष्य के भाग्यदेवता को रस का बोध है; पता नहीं गणितशास्त्र में उनका पांडित्य है या नहीं, किंतु अनुराग नहीं है, मानव-जीवन की जोड़-बाकी का विशुद्ध परिणाम निकालने में वे मनोयोग प्रकट नहीं करते। इसीलिए अपनी व्यवस्था में उन्होंने एक वस्तु जोड़ा दी है वह है असंगति। जो हो सकता है उसे वह अचानक आकर अस्त-व्यस्त कर देती है। इसी से नाट्य-लीला जम उठती है, संसार के दोनों कूलों को डुबाकर हास्य-रुदन का तूफान चलता रहता है।

इस प्रसंग में भी वही घटा—जहां कमल-वन था वहां मस्त हाथी आ उपस्थित हुआ। पंक के साथ पंकज का बेमेल सम्मिश्रण हो गया। ऐसा न होता तो इस कहानी की रचना न हो पाती।

जिस परिवार की कहानी प्रस्तुत की है उसमें निसंदेह सबसे योग्य व्यक्ति बनवारीलाल था। इसे वह स्वयं भी अच्छी तरह जानता

दुर्लभ ई. साहित्य कार्नर

था और इसी बात ने उसे अशांत कर डाला था। इंजन की स्टीम के समान योग्यता उसे भीतर से ठेलती थी; सामने यदि उसे रास्ता मिलता तो ठीक, यदि न मिलता तो जो आ जाता उसे ही धकेल देता।

उसके पिता मनोहरलाल का ढंग पुरानी परिपाटी के बड़े आदमियों जैसा था। अपने समाज के मस्तक पर आसन पाकर वे उसके शिरोभूषण होकर रहें यही उनकी इच्छा थी। फलस्वरूप समाज के हाथ-पैरों के साथ वे कोई संपर्क न रखते थे। साधारण व्यक्ति काम-काज करता है, चलता-फिरता है; वे काम-काज न करने और न चलने-फिरने के अनेक आयोजनों के केंद्रस्थल में ध्रुववत् विराजमान रहते।

प्राय: देखा जाता है कि इस प्रकार के आदमी बिना प्रयत्न के अपने पास कम-से-कम दो-एक बड़े और खरे व्यक्तियों को चुंबक के समान खींच लेते हैं। इसका और कोई कारण नहीं, धरती पर एक ऐसे वर्ग का भी जन्म होता है जिसका धर्म ही है सेवा करना। ये स्वयं प्रकृति की चरितार्थता के लिए ही ऐसे अक्षम मनुष्यों को चाहते हैं जो अपना सोलह आना भार उनके ऊपर छोड़ सकें। इन सहज सेवकों को अपने काम में कोई सुख नहीं मिलता; किंतु और किसी व्यक्ति को निश्चिंत करना, उसको पूरी तरह से आराम पहुंचाना, उसको सब प्रकार के संकटों से बचाकर ले चलना, लोक तथा समाज में उसके सम्मान की वृद्धि करना, इन्हीं बातों में उनको परम उत्साह मिलता है। ये मानो एक प्रकार के पुरुष-मां हैं, सो भी अपने लड़कों के नहीं, पराए लड़कों के।

मनोहरलाल का जो नौकर था रामचरण, उसकी अपनी शरीर-रक्षा और स्वास्थ्य-हानि का एकमात्र लक्ष्य था बाबू की देह की रक्षा करना। यदि उसके सांस लेने से बाबू के सांस लेने की मेहनत बच जाती तो वह दिन-रात लुहार की धौंकनी के समान हांफने के लिए

राजी था। बाहर के आदमी प्राय: सोचते कि मनोहरलाल अपने नौकर से व्यर्थ परिश्रम कराकर अन्यायपूर्वक कष्ट देते हैं। क्योंकि यदि हाथ से छूकर हुक्के की नली जमीन पर गिर पड़े तो उसे उठाना कठिन काम नहीं है, उसके लिए पुकारकर दूसरे कमरे से रामचरण को दौड़ाना अत्यंत अनुचित-सा प्रतीत होता है, किंतु, इन सब नितांत अनावश्यक कामों में अपने को अत्यावश्यक समझवाने में ही रामचरण को अपार आनंद मिलता था।

जिस प्रकार रामचरण था, उसी प्रकार एक और अनुचर था नीलकंठ। धन-संपत्ति की रक्षा का भार इस नीलकंठ के ऊपर था। बाबू के प्रसाद से परिपुष्ट रामचरण खूब चिकना था, किंतु नीलकंठ की देह के अस्थि कंकाल के ऊपर किसी प्रकार की आब नहीं थी, यह कहना ही ठीक होगा। बाबू के ऐश्वर्य भंडार के दरवाजे पर वह साक्षात् दुर्भिक्ष के समान पहरा देता था। संपत्ति तो थी मनोहरलाल की, किंतु उस पर सारी ममता थी नीलकंठ की।

नीलकंठ के साथ बनवारीलाल की खट-पट बहुत दिनों से चल रही थी। मान लो, पिता के यहां दरबारदारी करके बनवारी ने बड़ी बहू के लिए एक नया गहना बनवाने का हुक्म प्राप्त किया। उसकी इच्छा थी कि वह रुपया लेकर अपनी रुचि के अनुसार चीज तैयार करावे। किंतु ऐसा होने की गुंजायश न थी। आय-व्यय का सारा काम नीलकंठ के हाथ से ही होना चाहिए। फल यह हुआ कि गहना बना तो सही, किंतु किसी के माफिक नहीं बना। बनवारी को दृढ़ विश्वास हो गया कि सुनार के साथ नीलकंठ का हिस्सा-बंटवारा चलता है। खरे आदमियों के शत्रुओं की कमी नहीं होती। ढेरों लोगों से बनवारी यही बात सुनता आ रहा था कि नीलकंठ दूसरे लोगों को जिस मात्रा में वंचित रखता है उसके अपने घर में उतनी ही अधिक मात्रा में संचित होता जा रहा है।

और इन दो पक्षों में यह जो इतना विरोध जम गया था वह मामूली दस-पांच रुपये लेकर। नीलकंठ में व्यावहारिक बुद्धि का अभाव नहीं था, यह बात समझना उसके लिए कठिन नहीं था कि बनवारी के साथ मेल रखकर न चलने से किसी-न-किसी दिन उस पर संकट आने की संभावना हो सकती है। किंतु मालिक के धन के संबंध में नीलकंठ को कृपणता का रोग था। जिस खर्च को वह अनुचित समझता था उसे मालिक का हुक्म पाने पर भी वह किसी भी प्रकार नहीं रुक सकता था।

दूसरी ओर बनवारी को प्रायः अनुचित खर्चे की आवश्यकता पड़ती रहती। पुरुषों के अनेक अनुचित कार्यों के मूल में जो कारण रहता है वही कारण यहां भी पर्याप्त प्रबल भाव से उपस्थित था। बनवारी की पत्नी किरणलेखा के सौंदर्य के संबंध में नाना मत हो सकते थे, उसको लेकर आलोचना करना अनावश्यक है। उसमें जो मत बनवारी का था, प्रस्तुत प्रसंग में एकमात्र वही काम का है। वस्तुतः पत्नी के प्रति बनवारी के मन में जिस मात्रा में आकर्षण था उसे घर की अन्य स्त्रियां अति ही मानती थीं। अर्थात् वे अपने पति से जितना प्यार चाहतीं किंतु पाती न थीं, यह उतना था।

किरणलेखा की आयु जितनी भी रही हो, देखने में वह बच्ची-सी लगती थी। घर की बड़ी बहू की आकृति-प्रकृति जैसी मालकिन के ढंग की होनी चाहिए वैसी उसकी तनिक भी न थी। सब मिलाकर वह जैसे बहुत थोड़ी हो।

बनवारी उसे प्यार से अणु कहता। जब इससे भी पूरा न पड़ता तो कहता परमाणु। रसायन-शास्त्र की जिनको जानकारी है वे जानते हैं कि विश्व के निर्माण में अणु-परमाणुओं की शक्ति ऐसी कम नहीं है।

किरण ने किसी भी दिन पति से किसी चीज की मांग नहीं की। उसका कुछ ऐसा उदासीन भाव था मानो उसे विशेष किसी से प्रयोजन न हो। घर में उसकी बहुत-सी छोटी-बड़ी ननदें थीं, उसका मन सदा

उन्हीं में लगा रहता। नवयौवन के नवजाग्रत प्रेम में जो एक एकांत तपस्या होती है, वह उसे उतनी आवश्यक प्रतीत न होती थी। इसी कारण बनवारी से जो कुछ उसे मिलता उसे वह शांतभाव से ग्रहण करती। आगे बढ़कर कुछ नहीं चाहती थी। इसका परिणाम यह हुआ कि पत्नी जहां स्वयं अपने मुख से फर्माइश करती है वहां उसे तर्क द्वारा कुछ-न-कुछ करना संभव होता है, किंतु स्वयं अपने साथ मोल-भाव नहीं चल सकता। ऐसे स्थल पर अयाचित दान में याचित दान की अपेक्षा खर्च अधिक पड़ जाता है।

फिर पति के प्रेम का उपहार पाकर किरण को कितनी खुशी हुई, इसे ठीक से समझने का कोई उपाय न था। इस संबंध में प्रश्न करने पर वह कहती, ''बढ़िया है, अच्छा है!'' किंतु बनवारी के मन का खटका किसी भी तरह दूर न होता। क्षण-क्षण में उसे लगता, शायद पसंद नहीं आया। फिर पति को कुछ डांटकर कहती, ''तुम्हारा तो स्वभाव ही ऐसा है। न जाने नुक्ताचीनी क्यों करते रहते हो, क्यों, यह तो खूब अच्छा बना है।''

बनवारी ने पाठ्य-पुस्तक में पढ़ा था—संतोष मनुष्य का महत् गुण है। किंतु पत्नी के स्वभाव में एक महत् गुण उसे कष्ट पहुंचाता था। उसकी पत्नी ने तो उसे केवल संतुष्ट ही नहीं किया था; अभिभूत भी किया था। वह भी पत्नी को अभिभूत करना चाहता था। उसकी पत्नी को तो कोई विशेष प्रयत्न नहीं करना पड़ता था—यौवन का लावण्य अपने-आप उछल पड़ता था, सेवा का नैपुण्य स्वयं प्रकाशित हो जाता। किंतु पुरुष को ऐसा सहज सुयोग प्राप्त नहीं है; पौरुष का परिचय देने के लिए उसे कुछ-न-कुछ करना पड़ता है। उसमें कोई एक विशेष शक्ति है इसका प्रमाण दिए बिना पुरुष का प्रेम म्लान बना रहता है। यदि और कुछ न भी रहे; धन जो शक्ति का एक निदर्शन है, मोर के पंखों के समान पत्नी के समीप उस धन की सारी वर्णच्छटा प्रदर्शित कर सकने पर मन को सांत्वना मिलती है।

नीलकंठ ने बनवारी की प्रेमनाट्यलीला के इस आयोजन में बराबर बाधा पहुंचाई। बनवारी घर का बड़ा लड़का था, तो भी उसकी किसी बात में नहीं चलती थी, मालिक का प्रश्रय पाकर भृत्य होते हुए भी नीलकंठ उस पर आधिपत्य जमाता—उससे बनवारी को यही असुविधा और अपमान का अनुभव होता। वह किसी कारण उतना नहीं होता था जितना कामदेव के तूणीर में मनोनुकूल बाण जुटाने की अक्षमता के कारण होता था।

एक दिन इस घर-संपत्ति पर उसी का तो अबाध अधिकार होगा। किंतु, यौवन क्या चिर-काल रहेगा ? वसंत के रंगीन प्याले में फिर यह सुधा-रस अपने-आप इस प्रकार नहीं भर उठेगा; तब रुपया विषयी का धन होकर खूब कठोर होकर जम पाएगा, गिरि-शिखर के हिम-संघात के समान उसमें बात-बात में असावधान मन की अपव्यय की लहरें क्रीड़ा नहीं करेंगी। रुपये की जरूरत तो इसी समय है, जब आनंद के लिए उसे खर्च करने की शक्ति नष्ट नहीं हुई।

बनवारी के तीन शौक थे—कुश्ती, शिकार और संस्कृत चर्चा। उसकी कॉपी संस्कृत की उद्भट कविताओं से लबालब भरी थी। बादल के दिन, चांदनी रात में, दक्षिण पवन के चलने पर बड़े काम आती थी। सुविधा यह थी कि नीलकंठ इन कविताओं की अलंकार बहुलता को कम नहीं कर सकता था। अतिशयोक्ति चाहे जितनी अतिशय हो, कोई मुनीम सरिश्तेदार उसके लिए उत्तरदायी न थे। किरण के कान के सोने में कृपणता की जाती थी किंतु उसके काम के समीप जो मंदाक्रांता गुंजरित होता था उसके छंद में एक भी मात्रा कम न होती, और उसके भाव में कोई सीमा ही नहीं रहती, ऐसा कहने से अत्युक्ति न होगी।

बनवारी का चेहरा पहलवान की तरह लंबा-चौड़ा था। जब वह क्रोधित होता तब उसके डर से लोग घबरा जाते। किंतु इस जवान व्यक्ति का मन बहुत ही कोमल था। उसका छोटा भाई वंशीलाल

जब छोटा था तब उसने उसे मातृ स्नेह से पाला था। उसके हृदय में मानो प्यार-दुलार करने की भूख हो।

अपनी पत्नी को जो वह प्यार करता था उसके साथ यह चीज भी जुड़ी थी—प्यार-दुलार करने की यह इच्छा। किरणलेखा तरुच्छाया के नीचे पथ-भूली रश्मिरेखा के समान ही छोटी थी, छोटी होने के कारण ही उसने अपने पति के मन में एक बड़ी भारी संवेदना जगा रखी थी; इस पत्नी को वस्त्राभूषणों से अनेक प्रकार से सजाकर देखने की उसकी बड़ी इच्छा थी। वह भोग करने का आनंद नहीं, वह रचना करने का आनंद था, वह एक को अनेक करने का आनंद था, किरणा लेखा को नाना वर्णों में, नाना आवरणों में, नाना प्रकार के रूपों में देखने का आनंद था।

किंतु केवल संस्कृत के श्लोकों का पाठ करने से ही बनवारी का यह शौक किसी भी प्रकार पूरा नहीं हो पाता था। उसके अपने भीतर एक पुरुषोचित प्रभुशक्ति है, यह भी वह प्रकट न कर सका, और प्रेम की सामग्री को नाना उपकरणों से ऐश्वर्यपूर्ण बनाने की उसकी जो इच्छा है वह भी पूरी नहीं हो पाती।

इस प्रकार धनी की यह संतान अपनी मान-मर्यादा, अपनी सुंदरी पत्नी, उसका भरा यौवन-साधारणत: लोग जिसकी अभिलाषा करते हैं वह सब-कुछ लिए हुए भी संसार में एक दिन एक उत्पात के समान उठ खड़ी हुई।

सुखदा मधुकैवर्त की पत्नी थी, जो मनोहरलाल का असामी था। वह एक दिन घर के भीतर आकर किरणलेखा के पैर पकड़कर रोने लगी। बात यही थी कि कुछ वर्ष पूर्व नदी में मछली पकड़ने का जाल फैलाने के काम के लिए हर बार की भांति मछुओं ने एक साथ मिलकर कर्जनामा लिखकर मनोहरलाल की कचहरी से हजार रुपया उधार लिया था। अच्छी मछली मिलने पर असल रुपया ब्याज सहित चुका देने में कोई असुविधा न होती, इसलिए ऊंची ब्याज-दर पर

रुपया उधार लेने में ये लोग आगा-पीछा नहीं करते थे। उसे वर्ष वैसी मछली नहीं मिली, और संयोग से एक के बाद एक तीन वर्ष तक नदी की धारा में इतनी कम मछलियां आईं कि मछुओं का खर्च भी न निकल पाया; यहां तक कि वे उल्टे ऋण के जाल में फंस गए।

जो मछुए अन्य इलाकों के थे वे तो फिर दिखाई ही नहीं दिए किंतु मधुकैवर्त वहीं का असामी था, जहां उसका पुश्तैनी मकान था। उसके भागने का उपाय न होने के कारण कर्जे चुकाने का सारा उत्तरदायित्व उसके ऊपर आ पड़ा। सर्वनाश से रक्षा पाने का अनुरोध लेकर वह किरण की शरण में आई थी। किरण की सास के पास जाने से कोई लाभ न होता, इसे सभी जानते थे, क्योंकि नीलकंठ की व्यवस्था में कोई नुक्स निकाल सकता था। इस बात की वे कल्पना भी न कर सकती थीं। नीलकंठ के प्रति बनवारी के मन में खूब आक्रोश था, यह जानकर ही मधुकैवर्त ने अपनी पत्नी को किरण के पास भेजा था।

बनवारी चाहे जितना क्रोध एवं चाहे जितनी आत्मश्लाघा करे, किरण निश्चयपूर्वक जानती थी कि नीलकंठ के काम में हस्तक्षेप करने का उसे कोई अधिकार नहीं है। इसलिए किरण ने सुखदा को बार-बार समझाने का प्रयत्न करते हुए कहा, "बेटी, क्या करूं बताओ। तुम जानती हो, इसमें मेरा कोई हाथ नहीं है। मालिक हैं, मधु से कहो, उनको जाकर पकड़े।"

यह प्रयत्न तो पहले ही किया जा चुका था। मनोहरलाल के पास किसी बात की फरियाद करते ही वे उसके विचार का भार नीलकंठ के ही ऊपर छोड़ देते थे, इसमें कभी कोई हेर-फेर नहीं होता था। इससे प्रार्थी की विपत्ति और भी बढ़ जाती थी। दूसरी बार यदि कोई उनके पास अपील करना चाहता तो मालिक क्रोध से आग-बबूला हो उठते थे। अगर जमीन-जयादाद का झंझट ही उन्हें उठाना पड़ गया तो फिर उसका भोग करने में सुख ही क्या रहा।

सुखदा जब किरण के पास रो-पीट रही थी तभी बनवारी बगल के कमरे में बैठा अपनी बंदूक की नली में तेल लगा रहा था। बनवारी ने सारी बातें सुनीं। किरण करुण स्वर में बार-बार कह रही थी वह इसका कोई भी प्रतिकार करने में असमर्थ हैं। यह बात बनवारी की छाती में शूल के समान चुभ गई।

उस दिन माघी पूर्णिमा फाल्गुन के आरंभ में आकर पड़ी थी। दिन के समय की ऊमस को मिटाकर संध्या समय अचानक एक मतवाली हवा चल पड़ी थी। कोकिल कूक-कूककर अधीर हुई जा रही थी, बार-बार एक ही सुर की चोट से वह न जाने कहां से किस औदासीन्य को विचलित करने की चेष्टा कर रही थी, और आकाश में फूलों की सुगंधि का मेला लग गया था, जैसे खचाखच भीड़ हो। जंगले के बिल्कुल पास अंत:पुर के बागीचे से मुचकुंद फूल की गंध ने वसंत के आकाश को नशे में बेसुध कर दिया था।

किरण ने उस दिन लटकन (लटकन नामक वृक्ष के फल के बीज का लाल रंग) रंग की साड़ी तथा जूड़े में बेलाफूलों की माला पहनी थी। इस दंपति के प्रचलित नियमानुसार उस दिन बनवारी के लिए भी फाल्गुन-ऋतु का उत्सव मनाने के योग्य एक लटकन रंग की चद्दर और बेला के फूलों का गजरा तैयार किया गया था। रात का पहला पहर बीत गया तो भी बनवारी नहीं दिखा। यौवन का भरा प्याला आज उसे किसी प्रकार भी अच्छा नहीं लगा। प्रेम के बैकुंठलोक में इतनी बड़ी कुंठा लेकर वह कैसे प्रवेश करता। मधुकैवर्त का दु:ख दूर करने की क्षमता उसमें नहीं थी, वह क्षमता नीलकंठ में थी! ऐसे का पुरुष के गले में पहनाने के लिए माला किसने गूंथी थी।

पहले उसने अपने बाहर के कमरे में नीलकंठ को बुलवाया और कर्ज चुकाने के उत्तरदायित्व के लिए मधुकैवर्त को बर्बाद करने से मना किया। नीलकंठ ने कहा, ''मधु को यदि प्रश्रय दिया जाएगा

तो फिर इस तिमाही के प्रारंभ में ढेरों रुपया बाकी रह जाएगा; सभी उज्र करना शुरू कर देंगे।'' बनवारी जब तर्क में न जीत सका तो जो मुंह में आया बकने लगा। बोला, ''नीच!'' नीलकंठ ने कहा, ''नीच न होता तो बड़े आदमी की शरण क्यों लेता।'' उसने कहा, ''चोर!'' नीलकंठ ने कहा, ''सो तो है ही, भगवान् जिसे अपना कुछ नहीं देते, दूसरे के धन से ही तो वह प्राण बचाता है।'' सारी गालियां उसने अपने सिर पर ले लीं; अंत में कहा, ''वकील बाबू बैठे हैं, उनके साथ काम की बात समाप्त कर लूं। यदि आवश्यकता समझे तो फिर आऊंगा।''

बनवारी ने छोटे भाई वंशी को अपने दल में खींचकर उसी समय पिता के पास जाने का निश्चय किया। वह जानता था, अकेले जाने से कोई फल न होगा। क्योंकि, इस नीलकंठ को लेकर पिता के साथ उसकी पहले ही खटपट हो चुकी थी। पिता उसके ऊपर अप्रसन्न थे ही। एक दिन था जब सभी सोचते थे कि मनोहरलाल अपने बड़े लड़के को सबसे अधिक चाहते हैं। किंतु अब लगता था, वंशी के ऊपर ही उनका पक्षपात था। इसीलिए बनवारी ने वंशी को भी अपनी नालिश में सम्मिलित करना चाहा।

वंशी अत्यंत भला लड़का था। इस परिवार में अकेले उसी ने दो परीक्षाएं पास की थीं। इस बार वह कानून की परीक्षा की तैयारी कर रहा था। दिन-रात जगकर पढ़ते-पढ़ते उसके अंतर में कुछ जमा हो रहा था या नहीं, यह अंतर्यामी ही जानें, किंतु शारीरिक दृष्टि से खर्च के सिवा और कुछ भी नहीं था। इस फाल्गुन की संध्या को उसके कमरे के जंगले बंद थे। ऋतु-परिवर्तन के समय से वह बहुत डरता था। हवा पर उसे तनिक भी श्रद्धा न थी। टेबिल पर कैरोसीन का एक लैंप जल रहा था; कुछ पुस्तकें जमीन पर तख्त की बगल में जमा थीं, कुछ टेबिल पर; दीवार के ताक पर औषधियों की कुछ शीशियां रखी थीं।

बनवारी के प्रस्ताव से वह किसी भी तरह सहमत न हुआ। बनवारी क्रुद्ध होकर गरज उठा, ''तू नीलकंठ से डरता है?'' वंशी इसका कोई उत्तर न देकर चुप रह गया। वास्तव में उसकी चेष्टा सदा नीलकंठ को अनुकूल रखने की होती थी। वह प्राय: पूरा वर्ष कलकत्ता के घर में ही बिताता, वहां निर्धारित रुपये की अपेक्षा उसे ज्यादा की आवश्यकता पड़ ही जाती। इस सिलसिले में नीलकंठ को प्रसन्न रखने का उसे अभ्यास हो गया था।

वंशी को भीरु, कापुरुष, नीलकंठ का चरण-चारण चक्रवर्ती कहकर गालियों की बौछार करके बनवारी अकेला ही पिता के पास जा उपस्थित हुआ। मनोहरलाल अपने बाग की पुष्करिणी के घाट पर नंगे बदन आराम से हवा खा रहे थे। पार्षदगण पास बैठे कलकत्ता के बैरिस्टर की जिरह से जिला-कोर्ट में दूसरे गांव के जमींदार अखिल मजूमदार किस प्रकार हैरान हो गए उसी की कहानी श्रुतिमधुर बनाकर मालिक से कह रहे थे। उस दिन वसंत-संध्या की सुगंधि के सहयोग से वह वृत्तांत उनके लिए अत्यंत रमणीय हो उठा था।

सहसा बनवारी ने बीच में आकर रस-भंग कर दिया। भूमिका बांधकर अपनी बात को धीरे-धीरे प्रकट करने योग्य उसकी अवस्था नहीं थी। उसने गला चढ़ाकर एकदम; शुरू कर दिया, नीलकंठ के द्वारा उनकी क्षति हो रही है। वह चोर है, मालिक का रुपया मारकर अपना पेट भरता है इस बात का कोई प्रमाण न था और यह सत्य भी नहीं था। नीलकंठ के द्वारा संपत्ति की वृद्धि हुई थी और वह चोरी भी नहीं करता था। बनवारी ने सोचा था, नीलकंठ के सत्स्वभाव के प्रति अटल विश्वास होने के कारण ही मालिक सब मामलों में उसके ऊपर इस प्रकार आंख करके निर्भर रहते हैं। यह उसका भ्रम था। मनोहरलाल के मन में दृढ़ धारणा थी कि नीलकंठ नौका लगने पर चोरी करता है। किंतु, इस कारण उसके प्रति उनके मन में किसी प्रकार की अश्रद्धा

नहीं थी। क्योंकि, अनादिकाल से संसार इसी प्रकार चला आ रहा है।

अनुचरगण की चोरी की बचत से ही तो सदा बड़े घर पलते हैं। चोरी करने की चतुराई जिनमें नहीं है, मालिक की संपत्ति की रक्षा करने की बुद्धि ही उनमें कहां से आएगी। धर्मपुत्र युधिष्ठिर से तो जमींदारी का काम नहीं चल सकता। मनोहर ने अत्यंत खीझकर कहा, ''अच्छा, नीलकंठ क्या करता है या नहीं करता है इस बात की चिंता तुम्हें नहीं होगी,'' साथ ही यह भी कहा, ''देखो न, वंशी का तो झंझट नहीं है। वह कैसा पढ़-लिख रहा है! वह लड़का फिर भी थोड़ा-बहुत आदमी सरीखा है।''

इसके पश्चात् अखिल मजूमदार की दुर्गति की कहानी में रस नहीं आया। परिणामस्वरूप मनोहरलाल के लिए उस दिन वसंत की वायु व्यर्थ ही चली और पुष्करिणी के काले जल के ऊपर चंद्र-ज्योत्स्ना के झिलमिलाने की कोई उपयोगिता न रही। उस दिन की संध्या व्यर्थ नहीं गई तो केवल वंशी और नीलकंठ के लिए। जंगला बंद करके वंशी बहुत रात तक पढ़ता रहा और वकील के साथ परामर्श करते हुए नीलकंठ ने आधी रात काट दी।

कमरे का दरिया बुझाकर किरण जंगले के पास बैठी थी। काम-काज आज उसने बहुत जल्दी समाप्त कर लिया था। रात्रि का भोजन करना बाकी था, किंतु अभी तक बनवारी ने खाना नहीं खाया था, इसीलिए वह प्रतीक्षा कर रही थी। मधुकैवर्त की बात उसे याद भी न थी। बनवारी मधु के दुःख का कोई प्रतिकार नहीं कर सकता, इस संबंध में किरण के मन में लेशमात्र भी क्षोभ न था। अपने पति से कभी वह किसी विशेष क्षमता का परिचय पाने के लिए उत्सुक नहीं थी। परिवार के गौरव में ही उसके पति का गौरव था। उसका पति उसके ससुर का बड़ा लड़का था, उसे इससे भी ज्यादा बड़ा होना चाहिए, इस प्रकार की बात कभी उसके मन में भी न आई। आखिर ये तो गोसाईगंज के प्रसिद्ध हालदार के वंशज थे।

बनवारी बहुत रात तक बाहर के बरामदे में टहलने के बाद कमरे में आया। वह भूल गया था कि उसने भोजन नहीं किया है। किरण उसकी प्रतीक्षा में बिना खाए बैठी थी—इस घटना ने उस दिन जैसे उसको विशेष रूप से चोट पहुंचाई हो। किरण के इस कष्ट को स्वीकार करने के साथ उसकी अपनी अकर्मण्यता का मानो मेल न बैठ पाया हो। भोजन का कौर उसके गले में अटकने लग गया। बनवारी ने अत्यंत उत्तेजना के साथ पत्नी से कहा, ''जैसे भी हो, मैं मधुकैवर्त की रक्षा करूंगा।'' किरण ने उसकी इस अनावश्यक उग्रता पर विस्मित होकर कहा, ''लो और सुनो! तुम उसे किस तरह बचाओगे।''

मधु का ऋण बनवारी स्वयं शोध कर देगा, यही उसका प्रण था, किंतु बनवारी के हाथ में कभी रुपया जमा नहीं रहता। निश्चय किया कि अपनी तीन अच्छी बंदूकों में से एक बंदूक और एक कीमती हीरे की अंगूठी बेचकर वह धन इकट्ठा करेगा। किंतु गांव में इन सब चीजों का उचित मूल्य नहीं मिलेगा और बेचने का प्रयत्न करने पर चारों ओर लोग कानाफूसी करेंगे। इस कारण कोई-न-कोई बहाना करके बनवारी कलकत्ता चला गया। जाते समय मधु को बुलाकर आश्वासन दे गया कि उसके लिए भय की कोई बात नहीं है।

इधर बनवारी का शरणापन्न हुआ समझकर, नीलकंठ मधु पर क्रोध से आगबबूला हो उठा। चपरासियों के अत्याचार से कैवर्त मुहल्ले की इज्जत संकट में पड़ गई।

जिस दिन बनवारी कलकत्ता से लौटकर आया उसी दिन मधु का लड़का स्वरूप दौड़ा-हांफता हुआ आया और सहसा बनवारी के पैर पकड़कर 'हाय-हाय!' करके रोने लग गया। ''क्या है रे, मामला क्या है?'' स्वरूप ने कहा, ''मेरे पिता को नीलकंठ ने कल रात से कचहरी में बंद कर रखा है।'' बनवारी का सारा शरीर क्रोध से कांपने लगा। कहा, ''अभी जाकर थाने में खबर कर आ।''

'मारे गए! थाने में खबर! नीलकंठ के विरुद्ध!' उसके पैर उठना नहीं चाहते थे। अंत में बनवारी के धमकाने पर उसने थाने में जाकर खबर कर दी। पुलिस ने तुरंत कचहरी में आकर मधु को बंधन से छुड़ाया और नीलकंठ तथा कचहरी के कई चपरासियों को अभियुक्त बनाकर मजिस्ट्रेट के पास चालान कर दिया।

मनोहर बड़े परेशान हो उठे। उनके मुकदमे के मंत्री घूस के बहाने पुलिस के साथ मिलकर रुपया लूटने लगे। कलकत्ता से एक बैरिस्टर आया, वह बिल्कुल कच्चा था, नया पासशुदा। सुविधा इतनी ही थी कि जितनी फीस उसके नाम खाते में लिखी जाती थी उतनी फीस उसकी जेब में नहीं पहुंचती थी। दूसरी ओर मधुकैवर्त के पक्ष में जिला अदालत का एक कुशल वकील नियुक्त हुआ। उसका खर्च कौन दे रहा था पता नहीं चला। नीलकंठ को छ: महीने की सजा हुई। हाईकोर्ट की अपील में भी वह बहाल रही।

घड़ी और बंदूक का उचित मूल्य में बिकना व्यर्थ नहीं हुआ। परिणाम स्वरूप मधु बच गया और नीलकंठ को जेल हो गई। किंतु इस घटना के बाद मधु अपने घर में टिके कैसे। बनवारी ने उसको आश्वासन देकर कहा, "तू रह, तुझे कोई डर नहीं है।" किसके बल पर आश्वासन दिया था यह वही जाने-शायद, केवल अपने पौरुष के बल पर।

इस मामले के मूल में बनवारी था। इसको छिपा रखने का विशेष प्रयत्न उसने नहीं किया। बात प्रकट भी हो गई, यहां तक कि मालिक के कानों तक पहुंची। उन्होंने नौकर के द्वारा कहला भेजा, "बनवारी कभी मेरे सामने न आवे।" बनवारी ने पिता का आदेश अमान्य नहीं किया।

किरण अपने पति का व्यवहार देखकर अवाक् रह गई। यह क्या मजाक है! घर का बड़ा लड़का—पिता के साथ बातचीत बंद? तिस पर अपने कर्मचारियों को जेल में भेजकर दुनिया के लोगों के सामने

परिवार का सिर नीचा कर देना! वह भी इस एक साधारण मधुकैवर्त को लेकर!

विचित्र बात थी। इस वंश में कितने बड़े बाबू जन्मे एवं नीलकंठों का भी कभी अभाव न रहा। नीलकंठ अर्थ-व्यवस्था का सारा भार स्वयं लेते रहे और बड़े बाबू पूरी तरह निश्चेष्ट भाव से वंश-गौरव की रक्षा करते रहे। ऐसी उल्टी गंगा तो कभी नहीं बही।

आज इस परिवार के बड़े बाबू के पद की अवनति होने पर बड़ी बहू के सम्मान को धक्का लगा। इससे इतने दिन बाद आज पति के प्रति किरण की वास्तविक अश्रद्धा का कारण आ जुटा। इतने दिन बाद उसकी वसंत काल की लटकन रंग की साड़ी एवं जूड़े की बेल फूलों की माला लज्जा से म्लान हो गई।

किरण की उम्र हो गई थी फिर भी कोई संतान न हुई थी। इस नीलकंठ ने ही एक दिन मालिक की अनुमति लेकर पात्री देखकर बनवारी का एक और विवाह प्रायः पक्का करा दिया था। बनवारी हालदारवंश का बड़ा लड़का था, सब बातों के पहले यह बात तो ध्यान में रखनी ही थी। वह पुत्रहीन रहे यह तो हो ही नहीं सकता था। इस बात से किरण की छाती धक्-धक् करके कांप उठी। किंतु, इसे वह मन-ही-मन स्वीकार किए बिना भी न रह सकी कि बात संगत थी। तब भी उसने नीलकंठ पर तनिक भी क्रोध न किया, अपने भाग्य को ही दोषी ठहराया।

उसका पति यदि क्रोधित होकर नीलकंठ को मारने न जाता एवं विवाह-संबंध तोड़कर पिता-माता के साथ लड़ाई-झगड़ा न करता तो किरण उसको अन्याय न मानती। यहां तक बनवारी ने अपने वंश की बात नहीं सोची, इससे अत्यंत गोपन भाव से किरण के मन में बनवारी के पौरुष के प्रति अश्रद्धा हो गई। बड़े घर का उत्तरदायित्व का क्या साधारण उत्तरदायित्व है? उसको निष्ठुर होने का अधिकार

है। उसके समीप किसी तरुणी स्त्री का अथवा किसी दुखी कैवर्त के सुख-दु:ख का मूल्य ही कितना है।

साधारणत: जो घटित होता रहता है, कभी-कभी उसके घटित न होने पर कोई उसे क्षमा नहीं कर सकता, यह बात बनवारी किसी भी प्रकार न समझ सका। उसके लिए पूर्ण रूप से घर का बड़ा बाबू होना ही उचित था, अन्य किसी प्रकार के उचित-अनुचित की चिंता करके यहां की धारावाहिकता नष्ट करना उसके लिए अकरणीय था, यह उसे छोड़कर और सबसे लिए अत्यंत सुस्पष्ट था। इसको लेकर किरण ने अपने देवर से कितना दु:ख प्रकट किया था।

वंशी बुद्धिमान था; उसे खाना हजम न होता और थोड़ी-सी हवा लगते ही वह जुकाम खांसी से व्याकुल हो जाता, किंतु वह स्थिर, धीर और विचक्षण था। वह अपनी कानून की किताब का जो अध्याय पढ़ रहा था उसे टेबिल पर उलटकर रखते हुए उसने किरण से कहा, ''यह पागलपन के अलावा और कुछ नहीं है।'' किरण ने अत्यंत उद्वेग से सिर हिलाकर कहा, ''जानते हो, देवरजी, तुम्हारे भैया जब तक ठीक रहते हैं तब तक ठीक हैं, किंतु यदि एक बार बिगड़ जाएं तो फिर उन्हें कोई नहीं संभाल पाता। मैं क्या करूं बताओ तो सही।''

जब परिवार के सब समझदार लोगों के साथ किरण का मत पूर्ण रूप से मिल गया तो बनवारी के मन में यही बात सबसे अधिक खटकी। यह एक जरा सी स्त्री, अधखिले चंपा फूल के समान कोमल, इसके हृदय को अपनी वेदना के समीप खींच लाने में पुरुष की समस्त शक्ति परास्त हो गई। आज के दिन किरण यदि बनवारी के साथ पूर्ण रूप में मिल सकती तो उसके हृदय-क्षत देखते-ही-देखते इस प्रकार न बढ़ जाते।

मधु की रक्षा करनी होगी यह मामूली कर्त्तव्य की बात चारों ओर

की ताड़ना के कारण बनवारी के पक्ष में वास्तव में एक सनक बन गई। इसकी तुलना में अन्य सब बातें उसके लिए तुच्छ हो गईं। दूसरी ओर जेल से नीलकंठ ऐसे स्वस्थ भाव से लौट आया मानो वह जमाई षष्ठी (बंगाल में जेठ के महीने में षष्ठी के दिन दामाद को बुलाकर खूब आदर-सत्कार से खिला-पिलाकर पैसे-कपड़े आदि भेंट में देते हैं) की दावत पर गया था। वह फिर से यथारीत अम्लान मुख से अपने काम में जुट गया।

मधु को गृह-विहीन किए बिना प्रजा के सामने नीलकंठ के मान की रक्षा नहीं थी। मान की तो उसे अधिक चिंता न थी, किंतु असामियों के उसे न मानने पर उसका काम नहीं चल सकता था, इसी कारण उसको सावधान होना पड़ा। अत: मधु को तिनके के समान उखाड़ने के लिए उसने अपने हंसिये पर शान चढ़ाना शुरू किया।

इस बार बनवारी छिपा नहीं रहा। उसने नीलकंठ को स्पष्ट बता दिया कि चाहे जो हो वह मधु को नष्ट नहीं होने देगा। पहले तो उसने मधु का जो कर्ज था वह अपने पास से पूरा चुकाया। उसके बाद और कोई उपाय न देखकर वह स्वयं जाकर मजिस्ट्रेट को सूचना दे आया कि नीलकंठ अन्यायपूर्वक मधु को विपद् में डालने का उद्योग कर रहा है।

सभी हितैषियों ने बनवारी को समझाया, जिस प्रकार की घटनाएं घट रही थीं, उनसे मनोहर किसी दिन उसको त्याग देगा। त्याग करने पर जो-जो कष्ट भुगतने होते हैं वे यदि न होते तो अब तक मनोहर ने उसको कब का विदा कर दिया होता। किंतु, बनवारी की मां मौजूद थीं एवं आत्मीय-स्वजन नाना लोगों के नाना प्रकार के मत थे, उसे लेकर कोई समस्या खड़ी करने के वे एकदम अनिच्छुक थे, अत: अभी तक मनोहर चुप थे।

होते-होते एक दिन सुबह अचानक दिखाई पड़ा, मधु के घर में ताला लगा है। रात-ही-रात में वह न जाने कहां चला गया था।

मामला अत्यंत अशोभन होते देखकर नीलकंठ ने जमींदार-सरकार से रुपया दिलवाकर उसको सपरिवार काशी भेज दिया था। पुलिस यह जानती थी, इसलिए कोई हंगामा नहीं हुआ। नीलकंठ ने चतुराई से अफवाह उड़ा दी कि मधु को उसकी स्त्री-पुत्र-कन्या समेत अमावस्था की रात्रि को काली पर बलि चढ़ाकर मृत देहों को थैले में भरकर गंगा की मझधार में डुबा दिया गया है। भय से सबका शरीर सिहर उठा और नीलकंठ के प्रति जनसाधारण की श्रद्धा पहले की अपेक्षा बहुत अधिक मात्रा में बढ़ गई।

बनवारी जिस बात को लेकर मत्त था फिलहाल उसकी शांति हो गई; किंतु संसार उसके लिए पहले-जैसा न रहा।

एक दिन बनवारी वंशी को बहुत चाहता था, आज देखा, वंशी उसका कोई नहीं, वह हालदार परिवार का था। और, उसकी किरण, जिसके रूप में ध्यान ने यौवनारंभ के पहले से ही क्रमश: उसके हृदय के लता-वितान को लपेट-लपेटकर आच्छन्न कर रखा था, वह भी पूर्ण रूप से उसकी नहीं थी, वह भी हालदार परिवार की थी। एक दिन था, जब नीलकंठ की फर्माइश से बना गहना उसकी इस हृदयविहारिणी किरण के शरीर पर अच्छी तरह से शोभित न होने के कारण बनवारी असंतोष प्रकट करता था। आज देखा, कालिदास से आरंभ करके अमरु और चोर कवियों की जिन समस्त कविताओं के सुहाग से प्रेयसी को मंडित करता आ रहा था वह हालदार परिवार की इस बड़ी बहू को किसी भी प्रकार शोभा नहीं दे रहा था।

हाय रे! वसंत की हवा अब भी बहती थी, रात में श्रावण की वर्षा अब भी मुखरित हो उठती थी एवं अतृप्त प्रेम की वेदना शून्य हृदय के पथ-पथ पर रोती हुई फिर रही थी।

प्रेम की गहनता की सभी को तो आवश्यकता नहीं है; संसार अधिकांश लोगों का काम थोड़े से निश्चित संबल से ही अच्छी तरह

चल जाता है। इस नपी-तुली व्यवस्था से विशाल जगत के क्रम में कोई व्यतिक्रम नहीं घटता, किंतु कई लोगों का इससे पूरा नहीं पड़ता। वे अजात पक्षीशावक के सामने केवल अंडे में प्राप्त अल्प खाद्य-रस लेकर ही जीवित नहीं रहते, वे अंडा फोड़कर बाहर निकल आते हैं, उन्हें अपनी शक्ति से खाद्य-संग्रह करने का विस्तृत क्षेत्र चाहिए। बनवारी वैसी ही भूख लेकर पैदा हुआ था, अपने प्रेम को अपने पौरुष द्वारा सार्थक करने के लिए उसका चित्त उत्सुक था, किंतु वह जिस ओर दौड़ना चाहना था उसी ओर हालदार परिवार की पक्की दीवार थी; हिलते-डुलते ही उसका सिर टकरा जाता था।

दिन फिर पहले की ही तरह बीतने लगे। पहले की अपेक्षा बनवारी शिकार में अधिक मन लगाने लगा, इसके अतिरिक्त बाहर से उसके जीवन में और कोई विशेष परिवर्तन नहीं दिखता था। घर में वह भोजन करने जाता, भोजन के पश्चात् पत्नी के साथ काफी बातचीत भी होती थी। मधुकैवर्त को किरण ने आज भी क्षमा नहीं किया था क्योंकि, इस परिवार में उसके पति ने अपनी प्रतिष्ठा जो खो दी थी उसका मूल कारण था मधु। इसीलिए क्षण-क्षण में न जाने क्यों उस मधु की बात अत्यंत कटु होकर किरण के मुंह पर आ जाती।

मधु की नस-नस में शैतानी भरी थी, वह शैतानों में अग्रगण्य था, और मधु पर दया करने का अर्थ था पूरी तरह ठगा जाना; इस बात को बार-बार विस्तार से कहने पर भी वह न थकती थी। पहले दो-एक दिन बनवारी ने प्रतिवाद का प्रयत्न करके किरण की उत्तेजना को और बढ़ा दिया था, उसके बाद से वह कोई प्रतिवाद न करता। इस प्रकार वह अपने नियमित गृहधर्म की रक्षा कर रहा था; किरण इसमें किसी अभाव या कमी का अनुभव न करती, किंतु भीतर-ही-भीतर बनवारी का जीवन विवर्ण, रसहीन एवं चिरमुक्त होता जा रहा था। इसी बीच पता लगा कि परिवार की छोटी बहू, वंशी की स्त्री गर्भवती

है। सारा परिवार आशा से प्रफुल्लित हो उठा। इस महद्वंश के प्रति कर्त्तव्य-पालन में किरण से जो त्रुटि हो गई थी, इतने दिन बाद उसके पूरे होने की संभावना दिखी; अब षष्ठी देवी की कृपा से कन्या न होकर पुत्र होने में ही कुशल थी।

पुत्र ही पैदा हुआ। छोटे बाबू कॉलेज की परीक्षा में उत्तीर्ण हुए, और वंश की परीक्षा में भी उन्होंने प्रथम स्थान पाया। उनका सम्मान उत्तरोत्तर बढ़ रहा था। अब उनके सम्मान की सीमा न रही।

सभी का ध्यान इस बच्चे पर केंद्रित हो गया। किरण तो उसको क्षण-भर के लिए भी गोद से न उतारना चाहती थी। उसकी ऐसी दशा हो गई कि मधुकैवर्त के स्वभाव की कुटिलता की बात भी वह प्राय: भूल-सी गई थी।

बनवारी बच्चों को बहुत प्यार करता था। छोटों, असमर्थों, सुकुमारों के प्रति उसमें गंभीर स्नेह एवं करुणा के भाव थे। हर आदमी को विधाता कोई ऐसा गुण देते हैं जो उसकी प्रकृति के विरुद्ध होता है, यदि ऐसा न होता तो बनवारी पक्षियों का शिकार कैसे करता था, समझ में नहीं आता।

किरण की गोद में एक शिशु को देखने की इच्छा बनवारी के मन में बहुत समय से अतृप्त बनी हुई थी। इस कारण वंशी के लड़का होने पर पहले तो उसके मन में एक ईर्ष्याजनित वेदना उत्पन्न हुई, पर उसको दूर करने में उसे देर न लगी। इस शिशु को बनवारी खूब स्नेह कर सकता था, किंतु व्याघात का कारण यह हो गया कि जैसे-जैसे दिन बीतने लगे किरण उसको लेकर बहुत अधिक रत रहने लगी। पत्नी के साथ बनवारी के मिलन में बहुत व्यवधान पड़ने लगा।

बनवारी स्पष्ट रूप से समझ गया कि इतने दिन बाद किरण को कुछ ऐसा मिल गया है जो उसके हृदय को वास्तव में पूर्ण कर सकता है। बनवारी जैसे अपनी पत्नी के हृदय हरम का एक किराएदार मात्र

हो; जितने दिन घर का मालिक अनुपस्थित था उतने दिन सारे घर का वह उपभोग करता था, कोई बाधा नहीं देता था। अब घर का स्वामी आ गया था। इससे किराए का आदमी बाकी सब छोड़कर केवल अपने कोने के कमरे पर ही दखल करने का अधिकारी था।

किरण स्नेह में कहां तक तन्मय हो सकती थी, उसकी आत्म-विसर्जन की शक्ति कितनी प्रबल थी, यह बनवारी ने जब देखा तब उसका मन सिर हिलाकर बोला, 'इस हृदय को मैं जगा तो नहीं पाया किंतु जितना मुझसे साध्य था उतना तो कर ही दिया।'

केवल इतना ही नहीं, इस लड़के के माध्यम से मानो किरण के लिए वंशी का कमरा ही ज्यादा अपना हो गया। उसकी सारी मंत्रणा, आलोचना वंशी के साथ ही अच्छी तरह जमती। उस सूक्ष्म, सूक्ष्म शरीर, रसरक्तहीन, क्षीणजीवी भीरु आदमी के प्रति बनवारी की अवज्ञा क्रमशः गंभीरतर हो रही थी। संसार के सब आदमी बनवारी की अपेक्षा उसी को सब मामलों में योग्य समझें, यह तो बनवारी ने सहन कर लिया, किंतु आज जब उसने बार-बार देखा कि मनुष्य के रूप में उसकी पत्नी के लिए भी वंशी का मूल्य अधिक था, तब अपने भाग्य एवं जगत् के प्रति उसका मन प्रसन्न नहीं हुआ।

इसी बीच परीक्षा जब निकट थी कलकत्ता के घर से खबर आई कि वंशी ज्वर से पीड़ित है और डॉक्टर रोग को असाध्य समझकर आशंका कर रहे हैं। बनवारी ने कलकत्ता जाकर दिन-रात जगकर वंशी की सेवा की किंतु उसको बचा नहीं पाया।

मृत्यु ने बनवारी की स्मृति से सारा कांटा निकाल दिया। वंशी उसका छोटा भाई था एवं शिशु अवस्था में भैया की गोद उसके स्नेह का आश्रय थी। यह बात उसके मन में आंसुओं से धुलकर उज्ज्वल हो गई।

इस बार लौटकर वह संपूर्ण मनोयोग से शिशु का पालन-पोषण

करने के लिए कृतसंकल्प हुआ। किंतु इस शिशु के संबंध में किरण का उसके प्रति विश्वास खो गया था। उसके प्रति अपने पति के विराग को उसने पहले से ही लक्ष्य किया था। पति के संबंध में किरण के मन में न जाने कैसी एक धारणा बन गई थी कि दूसरे साधारण लोगों के लिए जो स्वाभाविक था अपने पति के पक्ष में ठीक उसका उल्टा था।

उनके वंश का यही तो एकमात्र कुल-प्रदीप था, इसका मूल्य क्या था यह सभी समझते थे, किंतु इसीलिए उसके पति इसे नहीं समझते थे। किरण के मन में हमेशा भय बना रहता था कि कहीं बनवारी की विद्वेष-दृष्टि के कारण बच्चे का अमंगल न हो। उसका देवर नहीं बचा, किरण के संतान होने की संभावना है यह कोई आशा नहीं करता था, अतएव इस शिशु को किसी तरह सब प्रकार के अकल्याणों से बचाकर रख सकने में ही कुशल थी। इस कारण वंशी के पुत्र की देख-भाल करने का रास्ता बनवारी के लिए बहुत सुगम नहीं हुआ।

घर के सब लोगों के स्नेह के बीच लड़का बड़ा होने लगा। उसका नाम रखा गया हरिदास। इतने अधिक लाड़-प्यार की छाया में उसने जाने कैसा दुबला-पतला और नाजुक रूप पाया। तागा-तावीज-कवच से उसका सारा शरीर ढका था, रक्षकों के दल से वह सदा घिरा रहता।

बीच-बीच में, समय-समय पर बनवारी के साथ उसकी भेंट होती। ताऊ का घोड़े को चाबुक मारना उसे बड़ा अच्छा लगता था। देखते ही कहता था, 'चाबु।' बनवारी कमरे से चाबुक लाकर हवा में सांय-सांय शब्द करता रहता, उसे बड़ा आनंद आता। बनवारी कभी-कभी उसे अपने घोड़े पर बैठा देता, इससे घर के सब लोग एकदम 'वाह-वाह' करके दौड़े आते। बनवारी कभी-कभी अपनी बंदूक

लेकर उसके साथ खेलता, किरण देख पाती तो दौड़कर बालक को हटा ले जाती। किंतु, इन सब निषिद्ध मनोरंजनों में ही हरिदास का सबसे अधिक अनुराग था। इससे सब प्रकार के विघ्न रहते हुए भी ताऊ के साथ उसकी खूब मित्रता हो गई।

दीर्घकालीन निर्विघ्नता के पश्चात् एक बार अचानक इस परिवार में मृत्यु का आगमन हुआ। पहले मनोहर की पत्नी की मृत्यु हुई। उसके बाद नीलकंठ जब मालिक के लिए विवाह की बातचीत और पत्री की खोज कर रहा था तभी विवाह की लग्न के पहले ही मनोहर की मृत्यु हो गई। उस समय हरिदास की आयु आठ साल थी। मृत्यु के पहले मनोहर विशेष रूप से अपने इस छोटे वंशधर को किरण और नीलकंठ के हाथों समर्पित कर गए थे, बनवारी से कोई बात ही न की थी।

बक्स से जब वसीयतनामा बाहर निकला तब पता चला, मनोहर अपनी संपत्ति हरिदास को दे गए हैं। बनवारी यावज्जीवन दौ सौ रुपये के हिसाब से मासिक वृत्ति पाएंगे। नीलकंठ वसीयतनामे का एक्जिक्यूटर था; उसके ऊपर यह भार था कि वह जितने दिन जीवित रहे, हालदार परिवार की संपत्ति एवं गृहस्थी की व्यवस्था वही करे।

बनवारी समझ गए कि इस परिवार में उन्हें न कोई लड़का सौंपकर ही निश्चिंत हो सकता है और न संपत्ति सौंपकर ही। वे कुछ कर नहीं सकते सब कुछ नष्ट कर देते हैं, इस संबंध में इस परिवार के किसी भी व्यक्ति में मतभेद न था। अतएव, वे व्यवस्था के अनुसार भोजन करके कोने के कमरे में सोएंगे, उनके लिए इसी तरह का विधान था।

उन्होंने किरण से कहा, "मैं नीलकंठ की पेंशन खाकर जीवित नहीं रहूंगा। यह घर छोड़कर मेरे साथ कलकत्ता चलो!"

"मैया री, यह भी कोई बात है! यह तो तुम्हारे ही बाप की संपत्ति

है, और हरिदास तो तुम्हारे अपने ही लड़के के समान है। उसके नाम जायदाद लिख दी गई है इस पर तुम क्रोध क्यों करते हो।''

हाय, हाय! उसके पति का हृदय कैसा कठोर है! इस दुधमुंहे बच्चे के प्रति भी उनके मन में ईर्ष्या जगी है! उसके ससुर ने जो वसीयतनामा लिखा था किरण मन-ही-मन उसका पूर्ण समर्थन करती थी। उसका दृढ़ विश्वास था कि यदि जायदाद बनवारी के हाथ में पड़ जाती तो राज्य के जितने छोटे आदमी थे, जितने यदु, मधु, जितने कैवर्त एवं कोलियां का दल था वह उनको ठगकर कुछ भी बाकी न छोड़ता एवं हालदार वंश की यह भावी आशा एक दिन बीच में ही डूब जाती। ससुर के कुल में रोशनी करने के लिए दिया तो घर में आ गया था; अब उसका तैल-संचय नष्ट न हो इसके लिए नीलकंठ ही तो उपयुक्त प्रहरी था।

बनवारी ने देखा, नीलकंठ अंत:पुर में आकर हर कमरे के सारे सामान की सूची बना रहा है और जहां जितने संदूक-बक्स हैं उनमें ताला लगा रहा है। अंत में किरण के सोने के कमरे में आकर वह बनवारी के नित्य व्यवहार में आने वाली सारी चीजों की सूची बनाने लगा। नीलकंठ का अंत:पुर में आना-जाना था इसलिए किरण उससे पर्दा नहीं करती थी। किरण ससुर के शोक में क्षण-क्षण में आंसू पोंछते हुए रुंधे गले से विशेष रूप से सारी चीजें समझाने लगी।

बनवारी ने सिंह-गर्जना करते हुए नीलकंठ से कहा, ''तुम इसी समय मेरे कमरे से बाहर निकल जाओ!''

नीलकंठ ने नम्र होकर कहा, ''बड़े बाबू, मेरा तो कोई दोष नहीं। मालिक के वसीयतनामे के अनुसार मुझे तो सब-कुछ समझ-बूझ लेना होगा। माल-असबाब सभी तो हरिदास का है।''

किरण ने मन-ही-मन कहा, 'देखो जरा इनका हाल। हरिदास क्या पराया है! अपने लड़के की जायदाद का उपभोग करने में लज्जा

कैसी! और, माल-असबाब आदमी के साथ जाएगा क्या! आज नहीं तो कल, बाल-बच्चे ही तो भोग करेंगे।'

इस घर की जमीन बनवारी के पैरों में कांटे के समान चुभने लगी, इस घर की दीवार मानो उसके नेत्रों को जलाने लगी। उसे किस बात का दु:ख है यह पूछने वाला व्यक्ति भी इस बड़े परिवार में कोई न था।

बनवारी का मन उसी क्षण घर-बार सब छोड़कर बाहर चले जाने के लिए व्याकुल हो उठा। किंतु उसके क्रोध की ज्वाला शांत नहीं होना चाहती थी। वह चला जाए और नीलकंठ आराम से एकाधिपत्य करे, यह कल्पना वह सहन न कर सका। तत्काल कोई गुरुतर अनिष्ट किए बिना उसका मन शांत नहीं हो पा रहा था। वह बोला, ''देखता, हूं, नीलकंठ कैसे संपत्ति की रक्षा करता है।''

बाहर अपने पिता के कमरे में जाकर देखा, वहां कोई न था। सभी अंत:-पुर के बर्तन-बासन और गहने आदि देख-भाल करने गए थे। अत्यंत सावधान व्यक्तियों से भी सावधानी में त्रुटि रह जाती है। नीलकंठ को यह होश न था कि मालिक का बक्स खोलकर वसीयतनामा निकालने के बाद बक्स में ताला नहीं लगाया गया। उस बक्स में एक बंडल में बंधी समस्त मूल्यवान दलीलें थीं। उन प्रमाण-पत्रों पर ही इस हालदार वंश की संपत्ति भी प्रतिष्ठित थी।

बनवारी इन प्रमाण-पत्रों का कुछ भी विवरण न जानता था, किंतु ये बड़े काम के थे और इनके अभाव में मामले-मुकदमे में पग-पग पर अटकना पड़ेगा यह वह समझता था। कागज-पत्र लेकर एक रूमाल में बांधकर वह अपने बाहर के बाग में चंपा के नीचे बंधे चबूतरे पर बैठकर बहुत देर तक सोचता रहा।

दूसरे दिन श्राद्ध के विषय में बातचीत करने के लिए नीलकंठ बनवारी के पास उपस्थित हुआ। नीलकंठ की देह की भंगिमा अत्यंत

विनम्र थी, किंतु उसके चेहरे पर ऐसा भाव था, अथवा नहीं था, जिसे देखकर अथवा कल्पना करके बनवारी का सर्वांग जल उठा। उसे लगा, नीलकंठ नम्रता द्वारा उस पर व्यंग्य कर रहा है।

नीलकंठ बोला, ''मालिक के श्राद्ध के संबंध में—''

बनवारी ने उसकी बात पूरी नहीं होने दी, बीच में ही बोल उठा, ''सो मैं क्या जानूं?''

नीलकंठ ने कहा, ''यह क्या कहते हैं! आप ही तो श्राद्धाधिकारी हैं।''

''क्या कहने हैं अधिकार के! श्राद्ध का अधिकार! संसार में केवल इतने ही के लिए मेरी जरूरत है, मैं और किसी काम का नहीं!'' बनवारी गरज उठा, ''जाओ, जाओ! मुझे तंग मत करो!''

नीलकंठ चला गया, किंतु उसे पीछे से देखकर बनवारी को लगा कि वह हंसता हुआ गया। बनवारी को लगा, घर के सब नौकर-चाकर इस अश्रद्धेय, परित्यक्त को लेकर आपस में हंसी-मजाक कर रहे हैं। जो व्यक्ति घर का होते हुए भी घर का नहीं होता उसके समान भाग्य द्वारा विडंबित और कौन हो सकता है! रास्ते का भिखारी भी नहीं।

बनवारी प्रमाण-पत्रों का बंडल लेकर बाहर निकला। हालदार-परिवार के प्रतिवेशी और प्रतिद्वंद्वी जमींदार थे प्रतापपुर के वॉडूज्ये (बनर्जी) जमींदार। बनवारी ने निश्चय किया, ''इन प्रमाण-पत्र दस्तावेजों को उनके हाथ दे दूंगा, धन-संपत्ति सब खाक में मिल जाए।'

बाहर निकलते समय हरिदास ने ऊपरी मंजिल से अपने सुमधुर बालक-कंठ से पुकारते हुए कहा, ''ताऊजी, तुम बाहर जा रहे हो, मैं भी तुम्हारे साथ चलूंगा!''

बनवारी को लगा, बालक के अशुभ ग्रह यह बात उससे कहलवा

रहे थे। ''मैं तो सड़क पर निकल ही पड़ा हूं, इसे भी अपने साथ निकाल ले चलूं। जाएगा, जाएगा, सब खाक में मिल जाएगा।''

बाहर बागीचे तक पहुंचते ही बनवारी को जोरों का शोर-गुल सुनाई दिया। पास ही हाट से लगी एक विधवा की कुटी में आग लग गई थी। अपने पुराने स्वभाव के अनुसार इस दृश्य को देखकर बनवारी चुप न रह सका। प्रमाण-पत्रों का अपना बंडल चंपा के पेड़ के नीचे रखकर आग की ओर दौड़ा।

जब लौटकर आया तो देखा उसका वह कागजों का बंडल वहां न था। तत्काल हृदय में शूल-सा चुभा और यह बात मन में आई, 'नीलकंठ से फिर मेरी हार हुई। विधवा का घर जलकर राख हो जाने में क्या हानि थी।' उसे लगा, वह बंडल दुबारा चालाक नीलकंठ के ही हाथ में जा पहुंचा।

तूफान की तरह एकदम आकर वह कचहरी के कमरे में उपस्थित हुआ। नीलकंठ ने तुरंत बक्स बंद करके सम्मान के साथ उठकर खड़े होकर बनवारी को प्रणाम किया। बनवारी को लगा, उस बक्स में ही उसने कागज छिपा लिए हैं। बिना कुछ कहे तुरंत उस बक्स को खोलकर वह उसमें रखे कागज टटोलने लगा। उसमें हिसाब का खाता और उसी से संबंधित कागज नत्थी थे। बक्स को उल्टा करके झाड़ दिया, पर कुछ नहीं मिला।

रुद्धप्राय स्वर से बनवारी ने कहा, ''तुम चंपा के नीचे गए थे?''

नीलकंठ बोला, ''जी हां, गया क्यों नहीं था। देखा, आप घबराकर दौड़ रहे हैं, क्या बात है, यही जानने गया था।''

बनवारी, ''रूमाल में बंधे मेरे कागज तुम्हीं ने लिए हैं।''

नीलकंठ ने अत्यंत भले आदमी की तरह कहा, ''जी नहीं।''

बनवारी, ''झूठ बोल रहे हो। तुम्हारा भला नहीं होगा, अभी लौटा दो।''

बनवारी ने झूठ-मूठ झूठी डांट-डपट की। उसकी क्या चीज खो गई थी सो भी वह नहीं बता सका और उस चोरी के माल के संबंध में अपना कोई जोर नहीं था, यह जानकर वह असावधान मूढ़ मन-ही-मन जैसे अपने को ही धिक्कारने लगा।

कचहरी में इस प्रकार पागलपन करके वह फिर चंपा के नीचे ढूंढ़ने लगा। मन-ही-मन माता की शपथ लेकर उसने प्रतिज्ञा की, ''जैसे भी हो मैं फिर से इन कागजों का उद्धार करके ही रहूंगा।'' किस प्रकार उद्धार करेगा वह सोचने की उसमें शक्ति न थी, केवल क्रुद्ध बालक के समान बार-बार जमीन पर पैर पटकते हुए बोला, ''जरूर उद्धार करूंगा, जरूर करूंगा।

थककर वह पेड़ के नीचे बैठ गया। कोई नहीं, उसका कोई नहीं था और उसका कुछ नहीं था। अब से उसको निःसंबल अपने भाग्य से और संसार से जूझना पड़ेगा। उसके लिए मान-प्रतिष्ठा, शिष्टता, प्रेम, स्नेह, कुछ भी नहीं रह गया था। केवल मरने और मारने का काम शेष था।

इस प्रकार मन में छटपटाते हुए अत्यंत थकावट के कारण चबूतरे पर लेटते ही उसे न जाने कब नींद आ गई। जब जागा तो एकाएक समझ न सका वह कहां है। अच्छी तरह सजग होकर उठकर रेखा उसके सिरहाने हरिदास बैठा था। बनवारी को जागते हुए देखकर हरिदास बोल उठा, ''ताऊ, तुम्हारा क्या खो गया था, बताओ तो।''

बनवारी स्तब्ध रह गया। हरिदास के इस प्रश्न का उत्तर न दे सका।

हरिदास ने कहा, ''अगर मैं ला दूं तो मुझे क्या दोगे?''

बनवारी को लगा, शायद और कुछ था। उसने कहा, ''मेरे पास जो-कुछ है सब तुझे दूंगा।''

यह बात उसने हंसी में कही थी। वह जानता था, उसका कुछ नहीं था।

तब हरिदास ने अपने कपड़ों में से बनवारी के रूमाल में लिपटा कागज का वह बंडल निकाला। इस रंगीन रूमाल के ऊपर बाघ की तस्वीर बनी थी; वह तस्वीर उसके ताऊ ने उसे कई बार दिखाई थी। इस रूमाल के प्रति हरिदास का विशेष लोभ था। इसी कारण आग लगने के शोर-गुल में नौकर जब बाहर दौड़ गए थे। तभी बागीचे में आकर हरिदास ने चंपा के नीचे दूर से ही इस रूमाल को देखकर पहचान लिया था।

बनवारी हरिदास को खींचकर छाती से लगा चुपचाप बैठा रहा; कुछ देर बाद—उसकी आंखों से 'टप-टप' करके आंसू टपकने लगे। उसे याद आया, बहुत दिन पहले वह अपने एक खरीदे हुए कुत्ते को सजा देने के लिए बार-बार उसे चाबुक मारने के लिए बाध्य हुआ था। एक बार उसका चाबुक खो गया, कहीं मिलता ही न था। जब वह चाबुक की आशा छोड़ बैठा तभी देखा, वही कुत्ता कहीं से चाबुक मुंह में दबाकर मालिक के सामने बड़े आनंद से पूंछ हिला रहा है। इसके बाद वह फिर कभी कुत्ते को चाबुक नहीं मार पाया।

झटपट आंखों से आंसू पोंछकर बनवारी ने कहा, ''हरिदास, तू क्या चाहता है, मुझे बता!''

हरिदास ने कहा, ''ताऊजी, मैं तुम्हारा वह रूमाल चाहता हूं।''

बनवारी बोला, ''आ हरिदास, तुझे कंधे पर चढ़ाऊं।''

हरिदास को कंधे पर चढ़ाकर बनवारी तत्क्षण अंत:पुर में गया। शयन-कक्ष में जाकर देखा, किरण सारे दिन धूप में सुखाए गए कंबल को बरामदे से उठाकर कमरे में जमीन पर बिछा रही थी। बनवारी के कंधे पर हरिदास को देखकर वह उद्विग्न होकर बोली, ''उतार दो। तुम गिरा दोगे इसे।''

बनवारी ने किरण के चेहरे पर दृष्टि घुमाते हुए कहा, ''अब मुझसे मत डरना, मैं नहीं गिराऊंगा।''

यह कहकर हरिदास को कंधे से उतारकर किरण की गोद की ओर बढ़ा दिया। उसके बाद उन कागजों को लेकर किरण के हाथ में देकर कहा, ''यह हरिदास की धन-संपत्ति के प्रमाण-पत्र हैं। यत्न से रखना!''

किरण ने आश्चर्य से कहा, ''तुम्हें कहां मिले?''

बनवारी ने कहा, ''मैंने चोरी की थी।''

उसके बार हरिदास को छाती से लगाकर कहा, ''यह ले बेटा, अपने ताऊ की जिस मूल्यवान संपत्ति के प्रति तुझे लोभ हुआ है, उसे ले!''

और यह कहते हुए रूमाल उसके हाथ में दे दिया।

उसके बाद फिर एक बार अच्छी तरह से किरण की ओर ताककर देखा। देखा, वह तन्वी नहीं रह गई है, कब मोटी हो गई थी यह उसने लक्ष्य नहीं किया था। इसी बीच हालदार परिवार की बड़ी बहू के उपयुक्त उसका चेहरा भर गया था। अब क्या होगा, और अमरुशतक की कविताओं को भी अन्य संपूर्ण संपत्ति के साथ विसर्जित कर देना ही बनवारी के लिए अच्छा होगा।

उस रात के बाद बनवारी फिर नहीं दिखाई दिया। वह केवल एक पंक्ति की एक चिट्ठी लिखकर रख गया था कि वह नौकरी ढूंढ़ने बाहर जा रहा है।

पिता के श्राद्ध की भी वह प्रतीक्षा न कर सका! गांव-भर के लोग इस बात पर उसे धिक्कराने लगे।

❑❑

12

व्यवधान

रिश्ता मिलाकर देखने से वनमाली और हिमांशुमाली दोनों ममेरे-फुफेरे भाई हैं; वह भी बहुत हिसाब करने पर मिला। लेकिन ये दोनों ही परिवार काफी समय से पड़ोसी हैं, बीच में केवल एक बगीचे का व्यवधान है, इसलिए इनका रिश्ता बहुत पास का न होने पर भी इनमें घनिष्ठता का अभाव नहीं है।

वनमाली हिमांशु से बहुत बड़ा है। हिमांशु के जब दांत भी नहीं निकले थे और न बोली ही फूटी थी तभी से वनमाली ने उसे गोद में लेकर सांझ-सवेरे बगीचे की खुली हवा में घुमाया है, खिलाया है, चुप कराया है, सुलाया है; और शिशु का मनोरंजन करने के लिए परिणत बुद्धि-वयस्क लोगों के जल्दी-जल्दी सिर हिलाने और ऊंचे स्वर में बातचीत करने की जो सारी अवस्थानुचित चपलताएं और भारी उछल-कूद दिखानी होती है, वनमाली ने उन सबको करने में भी कोई कमी नहीं की।

वनमाली ने कुछ विशेष पढ़ाई-लिखाई नहीं की। उसे बगीचे का शौक था और था दूर के रिश्ते का यह छोटा भाई, जिसे एक दुर्लभ दुर्मूल्य लता के समान वनमाली अपने हृदय के संपूर्ण स्नेह-सिंचन से पाल रहा था, फिर जब वह उसके भीतर-बाहर को आच्छन्न करती पल्लवित होने लगीं तब वनमाली ने अपने को धन्य माना।

अक्सर ऐसा देखने में नहीं आता, लेकिन कोई-कोई ऐसे स्वभाव के होते हैं, जो किसी छोटी सनक या छोटे शिशु अथवा किसी

अकृतज्ञ मित्र के लिए अपने को सहज ही पूर्णरूप से विसर्जित कर देते हैं और इस विशाल धरा पर एकमात्र छोटे स्नेह के कारोबार में जीवन का सारा मूलधन समर्पण कर निश्चिंत बने रहते हैं, फिर शायद सामान्य स्वल्प अधिकार में ही परम संतोष के साथ दिन काट लेते हैं या तो सहसा किसी सवेरे सारा घर-बार बेच कंगाल हो रास्ते पर जा खड़े होते हैं।

हिमांशु की अवस्था जब कुछ और बढ़ी तब उम्र और रिश्ते के अनेक अंतर के बावजूद वनमाली के साथ एक मैत्री बंधन में बंधा। दोनों के बीच मानो छोटा-बड़ा कुछ भी नहीं रहा।

ऐसा होने के कुछ कारण भी थे। हिमांशु पढ़ता-लिखता था और स्वभावत: उसकी ज्ञान-स्पृहा अत्यंत प्रबल थी। किताब मिलते ही पढ़ने लगता, इससे बहुत-सी व्यर्थ की किताबें भी अवश्य पढ़ी गईं, पर जैसी भी हो, इससे सब ओर से उसके मन की एक विशेष परिणति साधित हुई। वनमाली एक विशेष श्रद्धा के साथ उसकी बातें सुनता, उससे परामर्श लेता, उसके साथ छोटी-बड़ी सभी प्रकार की बातों की आलोचना करता, किसी विषय में ही उसे छोटा बालक मान अग्रहणीय नहीं समझता। हृदय के सर्वप्रथम स्नेह-रस से जिसे पाला-पोसा है, बड़ी उम्र में यदि वही ज्ञान-बुद्धि एवं उन्नत स्वभाव के लिए श्रद्धा का अधिकारी हो, तो उसके समान परम प्रिय वस्तु जगत में दूसरी नहीं।

हिमांशु को बगीचे का भी शौक था, लेकिन इस विषय में दोनों मित्रों में अंतर था। वनमाली का शौक हृदय का था तो हिमांशु में था बुद्धि का शौक। संसार के ये कोमल पेड़-पौधे, या अचेतन जीवन-राशि, जो सार-संभार की, कोई लालसा नहीं रखते लेकिन सार-संभार होने पर घर के बाल-बच्चों के समान बढ़ उठते, जो मानव शिशु से भी अधिक शिशु हैं, उन्हें यत्नपूर्वक पालने-पोसने की वनमाली की एक स्वाभाविक प्रवृत्ति थी। लेकिन हिमांशु की पेड़-पौधों के

प्रति एक जिज्ञासु दृष्टि थी। अंकुर उगते, कोंपलें फूटतीं, कलियां लगतीं, फूल खिलते, इनमें उसका एकांतिक मनोयोग आकर्षित होता।

पेड़ के बीज बोने, कलम लगाने, खाद डालने, मचान तैयार करने के विषय में विभिन्न सलाह-मशविरे की बात हिमांशु के मन में आती रहती और वनमाली उन्हें अत्यंत आनंदपूर्वक ग्रहण करता। इस उद्यान-खंड को लेकर आकृति-प्रकृति में जितने प्रकार की संयोग-वियोग की संभावनाएं होतीं, वे दोनों मिलकर पूरा करते।

द्वार के सामने बगीचे के ऊपर ही एक पक्की वेदी जैसी थी। चार बजते ही एक पतला-सा कुर्ता पहने एक चुन्नटों वाली चादर कंधे पर डाल, हुक्का हाथ में लिए वनमाली वहां छाया में जा बैठता। कोई बंधु-बांधव नहीं, हाथ में कोई एक किताब या अखबार भी नहीं। वह बैठा-बैठा उदासीन कनखियों से कभी दाएं और कभी बाएं दृष्टि डालता। इसी तरह उसका समय हुक्के की वाष्प-कुंडली के समान धीरे-धीरे अत्यंत हल्के भाव से उड़ता जाता, विलीन होता जाता, और फिर कहीं कोई निशान तक नहीं रख जाता।

आखिर में जब हिमांशु स्कूल से लौटकर जलपान कर हाथ-मुंह धोकर दिखाई देता तब वनमाली जल्दी से हुक्के की नली एक ओर को कर खड़ा होता, तभी उसके आग्रह को देखकर समझ में आता कि अब तक धैर्य के साथ वह किसकी प्रत्याशा में बैठा था।

फिर बगीचे में घूमते-घूमते दोनों की बातचीत होती, अंधेरा हो जाने पर दोनों बेंच पर जा बैठते—दक्षिण पवन पत्तों को मर्मरित करता बह जाता; किसी दिन नहीं भी बहता, पेड़-पौधे चित्रवत् स्थिर खड़े रहते, सिर के ऊपर आकाश को भरे हुए तारे जगमगाते रहते।

हिमांशु बातें करता, वनमाली चुपचाप सुनता। जो न समझ में आता वह भी उसे अच्छा लगता; जो सब बातें दूसरों से सुनने में अत्यंत खीझ पैदा करने वाली होतीं, वही बातें हिमांशु के मुंह से बड़ी मजेदार लगतीं, ऐसे श्रद्धावान वयस्क श्रोता को पाकर हिमांशु की

भाषण-शक्ति, स्मृति-शक्ति कल्पना-शक्ति की विशेष परितृप्ति होती।

वह कुछ बातें पढ़कर कहता, कुछ सोचकर कहता, कुछ बातें तभी दिमाग में उदित होतीं और बहुत बार कल्पना के सहारे से ज्ञान के अभाव को ढक देतीं। वह बहुत-सी बातें ठीक कहता, बहुत-सी बेतुकी भी, लेकिन वनमाली गंभीरतापूर्वक सुनता, बीच-बीच में दो-एक बात कहता हिमांशु उसका प्रतिवाद करके जो उसे समझाता, वह वही समझता, फिर दूसरे दिन छाया में बैठा हुआ हुक्के के कश खींचते-खींचते उन सब बातों के विषय में कुछ देर तक आश्चर्य के साथ सोचता रहता।

इसी बीच एक गड़बड़ी हो गई। वनमाली के बगीचे और हिमांशु के घर के बीच से पानी निकलने का एक नाला था। उसी नाले पर कहीं एक नीबू का पेड़ उग आया था। उस पेड़ में जब नीबू लगते तब वनमाली का नौकर उसे तोड़ने की कोशिश करता और हिमांशु का नौकर उसे मना करता, इसके चलते दोनों में जो गाली-गलौज की झड़ी लगती। वह यदि कोई ठोस वस्तु होती तो उससे सारा नाला भर जाता।

बीच से वनमाली के पिता हरचंद्र और हिमांशु माली के पिता गोकुलचंद्र में उस नीबू के पेड़ को लेकर भारी झगड़ा मच गया। दोनों पक्ष नाले के दखल के लिए अदालत में जा पहुंचे।

वकील-बैरिस्टरों में जितने महारथी थे सभी ने दूसरे पक्ष का अवलंबन लेकर बड़ा लंबा वाक्-युद्ध आरंभ किया। दोनों पक्षों का जितना पैसा खर्च हो गया उतना पानी तो भादों की बाढ़ में भी उस नाले से कभी नहीं बहा होगा।

आखिर में हरचंद्र की जीत हुई, प्रमाणित हुआ, नाला उसी का है और नीबू के पेड़ पर दूसरे किसी का कोई हक नहीं। अपील हुई, पर नाला और नीबू हरचंद्र के ही रहे।

जितने दिन मुकदमा चलता रहा, दोनों भाइयों की मित्रता में कोई रुकावट नहीं आई। यहां तक कि, कोई विवाद की छाया एक-दूसरे

को स्पर्श न करे इस आशंका से कातर हो वनमाली दुगुनी घनिष्ठता से हिमांशु को हृदय के निकट आबद्ध कर रखने की चेष्टा करता, और हिमांशु भी रंचमात्र विमुखता नहीं दिखाता।

जिस दिन अदालत में हरचंद्र की जीत हुई, उस दिन घर में, विशेष रूप से अंत:पुर में परम आनंद की धूम मच गई, केवल वनमाली की आंखों की नींद चली गई। उसके दूसरे दिन अपराह्न में ऐसे म्लान मुख से वह बगीचे की वेदी पर जा बैठा जैसे दुनिया में और किसी का कुछ नहीं हुआ, बस उसकी ही भारी हार हुई।

उस दिन समय निकल गया, छ: बज गए, लेकिन हिमांशु नहीं आया। वनमाली ने एक गहरी दीर्घ नि:श्वास छोड़ हिमांशु के घर की ओर देखा, खुली खिड़की के भीतर से दिखा अलगनी पर हिमांशु के स्कूल के बदले कपड़े लटक रहे हैं; बहुत से जाने-पहचाने लक्षणों को मिलाकर देखा—हिमांशु घर में है। हुक्के की नली फेंककर वह उदास मुख से घूमने लगा और सैकड़ों बार उस खिड़की की ओर देखा, लेकिन हिमांशु बगीचे में नहीं आया।

संध्या समय बत्ती जलने पर वनमाली धीरे-धीरे हिमांशु के घर गया।

गोकुलचंद्र द्वार पर बैठे तपी देह पर हवा लगा रहे थे।"कौन है?" उन्होंने पूछा।

वनमाली चौंक पड़ा, जैसे चोरी करने आया और पकड़ लिया गया हो। कांपते हुए स्वर में बोला, "मामा, मैं हूं।"

मामा ने कहा, "किसे ढूंढ़ने आए हो? घर में कोई नहीं है।"

वनमाली फिर बगीचे में आ चुप बैठा रहा।

जितनी रात बढ़ने लगी, देखा, हिमांशु के घर की खिड़कियां एक-एक करके बंद हो गईं। दरवाजों की दरार से जो प्रकाश रेखाएं दिख रही थीं। करीब-करीब वे भी धीरे-धीरे बुझ गईं। अंधेरी रात में वनमाली को लगा, हिमांशु के घर के सारे दरवाजे उसके लिए बंद हो गए, वह केवल बाहर के अंधेरे में अकेला पड़ा रहा।

फिर उसके दूसरे दिन वह बगीचे में आ बैठा; सोचा, आज शायद आ भी सकता है। बहुत दिनों से रोजाना ही आता था वह फिर एक दिन भी नहीं आएगा। यह बात वह कैसे भी नहीं सोच पाया। कभी मन में भी नहीं आया था कि यह बंधन किसी प्रकार कभी टूटेगा; ऐसे निश्चिंत मन से करता कि जीवन के सारे दु:ख-सुख कब उसे बंधन में बंध गए यह वह जान ही नहीं पाया। आज सहसा पता चला कि वह बंधन टूट गया है; पर क्षण-भर में उसका जो सर्वनाश हो गया इसका उसे कैसे भी विश्वास नहीं हुआ।

प्रतिदिन यथासमय वह बगीचे में आ बैठता कि कहीं अकस्मात् वह आए। लेकिन ऐसा दुर्भाग्य जो नियम-क्रम से प्रतिदिन घटित होता वह दैव-क्रम से एक दिन भी नहीं घटा।

रविवार के दिन सोचा, पहले के नियमानुसार आज भी सुबह हिमांशु हमारे यहां खाने को आएगा। ठीक विश्वास किया हो ऐसी बात नहीं, लेकिन फिर भी आशा नहीं छोड़ी गई, सवेरा हुआ, वह नहीं आया।

तब वनमाली बोला, ''तो फिर भोजन करके ही आएगा।'' जब वह भोजन करके भी नहीं आया तब वनमाली ने सोचा, 'आज शायद भोजन करके सो रहा है। नींद खुलते ही आ जाएगा।' नींद कब खुली, मालूम नहीं, पर वह आया नहीं।

फिर वही शाम हुई, रात आई, हिमांशु के घर के दरवाजे एक के बाद एक बंद हुए, बत्तियां एक के बाद एक बुझ गईं।

इसी प्रकार सोमवार से रविवार तक सप्ताह के सातों दिन जब दूरदृष्टा ने उसके हाथों से छीन लिए, आशा को आसरा देने के लिए जब और एक दिन भी बाकी नहीं रहा, तब हिमांशु के रुद्ध द्वार अट्टालिका की ओर उसकी अश्रुपूर्ण दो कातर आंखों ने एक बड़ी मर्मभेदी मनोवेदना की फरियाद भेज दी और जीवन-भर की सारी वेदना को एकमात्र आर्त स्वर के बीच घनीभूत कर बोला, ''हे दयामय!''

13

दालिया

पराजित शाहसुजा ने औरंगजेब के भय से भागकर आराकान राज्य में आश्रय ग्रहण किया था। उसके साथ में उसकी तीन सुंदरी कन्याएं थीं। आराकान के राजा की इच्छा हुई, राजपुत्रों के साथ उनका विवाह कर दें। उस प्रस्ताव पर शाहसुजा द्वारा आपत्ति प्रकट किए जाने पर एक दिन राजा के आदेश से उन्हें छलपूर्वक नौका द्वारा बीच नदी में ले जाकर नौका डुबो देने की चेष्टा की गई। उस विपत्ति के समय सबसे छोटी अमीना को उसके पिता ने स्वयं नदी में फेंक दिया। बड़ी बेटी ने आत्महत्या कर ली और सुजा का एक विश्वासी कर्मचारी रहमत अली जुलेखा को साथ ले तैरकर भाग गया और उधर सुजा ने युद्ध करते हुए प्राण दिए।

अमीना प्रखर स्रोत में बहती दैव-योग से तुरंत ही एक मछुए के जाल में फंस गई और उसी के घर में पलती हुई बढ़ी।

इस बीच वृद्ध राजा की मृत्यु हो गई और युवराज राजगद्दी पर अभिषिक्त हुए।

1

एक दिन सुबह-ही-सुबह बूढ़े मछुए ने आकर अमीना को फटकारा ''तिन्नी!'' मछुए ने आराकानी भाषा में अमीना का नया नामकरण किया था। ''तिन्नी, आज सवेरे-सवेरे तुझे हुआ क्या! काम-काज में तो तूने बिल्कुल हाथ नहीं लगाया। मेरे नए जाल में

गोद नहीं लगाया गया है। मेरी नाव—''

अमीना मछुए के पास आकर प्यार जताते हुए बोली, ''बूढ़े, आज मेरी दीदी आई है, इसी से मेरी छुट्टी है।''

''तेरी दीदी कौन, कहां से आ गई रे तिन्नी?''

तभी जुलेखा न जाने कहां से बाहर निकल आ बोली, ''मैं हूं।''

बूढ़ा हैरान रह गया। फिर जुलेखा के बहुत पास आकर अच्छी तरह से उसके चेहरे को देखा। फिर चट से पूछा, ''तू कोई काम-काज जानती है?''

अमीना बोली, ''बूढ़े! दीदी के बदले में मैं काम कर दूंगी। दीदी काम नहीं कर सकेगी।''

बूढ़े ने कुछ देर सोचकर पूछा, ''तू रहेगी कहां?''

जुलेखा बोली, ''अमीना के पास।''

बूढ़े ने सोचा फिर तो बड़ी मुश्किल होगी। पूछा, ''खाएगी क्या?''

जुलेखा बोली, ''इसका भी इंतजाम है।'' कहते हुए लापरवाही के साथ मछुए के सामने एक स्वर्ण मुद्रा फेंक दी।

अमीना ने उसे उठाकर मछुए के हाथ में देते हुए धीरे से कहा, ''बूढ़े, अब अधिक मत बोल, अब अपने काम पर जा। दिन चढ़ आया है।''

जुलेखा अमीना की खोज में छद्मवेश में अनेक स्थानों पर घूमती हुई आखिर इस मछुए की कुटिया में कैसे आ पहुंची। यह सब बातें बताने पर यहां दूसरी कहानी बन जाएगी। उसका रक्षक रहमत शेख छद्मनाम से आराकान की राजसभा में काम कर रहा है।

2

छोटी-सी नदी बहती जा रही थी और प्रथम ग्रीष्म की शीतल प्रभात वायु में कैलू वृक्ष के रक्तिम पुष्प-मंजरी में फूल झर रहे थे।

वृक्ष तले बैठकर जुलेखा अमीना से बोली, ''ईश्वर ने जो मृत्यु के हाथ से हम दोनों बहनों की रक्षा की है, वह केवल पिता की हत्या के प्रतिशोध के लिए। और तो दूसरा कोई कारण समझ में नहीं आता।''

अमीना नदी के उस पार सबसे दूरवर्ती, सबसे छायामय, वन श्रेणी की ओर दृष्टि फैलाए धीरे-धीरे बोली, ''दीदी, अब वे सारी बातें न बोल बहन! मुझे अब यह दुनिया एक तरह से अच्छी ही लग रही है। मरना चाहें तो मर्द लोग मार-काट करें, मरें, मुझे यहां अब कोई दु:ख नहीं है।''

जुलेखा बोली, ''छि: छि:, अमीना, तू क्या शाहजादे के घर की बेटी है। कहां दिल्ली का तख्त, और कहां आराकान के मछुए की कुटिया!''

अमीना हंसकर बोली, ''दीदी, दिल्ली के सिंहासन की तुलना में मेरे इस बूढ़े की कुटिया और इस कैलू वृक्ष की छाया यदि किसी बालिका को अधिक अच्छी लगे तो इससे दिल्ली का सिंहासन एक बूंद भी आंसू नहीं बहाएगा।''

जुलेखा कुछ अनमने भाव से अमीना से बोली, ''लेकिन तुझे दोष नहीं दिया जा सकता, तब तो तू निहायत छोटी थी। लेकिन एक बार सोचकर देख तो सही कि अब्बाजान तुझे सबसे अधिक प्यार करते थे इसीलिए तुझे ही अपने हाथों से पानी में फेंका था। अब्बा द्वारा दी गई मौत से इस जीवन को अधिक प्रिय मत मान। पर अगर तू बदला ले सकी तो तभी जिंदगी का कोई अर्थ होगा।''

अमीना चुप हो दूर ताकती रही, लेकिन अच्छी तरह समझ में आ रहा था कि सब बातों के बावजूद बाहर की यह हवा, वृक्ष की छाया और उसका अपना यह नवयौवन और जाने कौन-सी एक सुखद स्मृति ने उसे निमग्न कर रखा था।

कुछ देर के बाद, वह गहरी सांस भरती हुई बोली, ''दीदी, तू

कुछ देर प्रतीक्षा कर बहन! मेरा घर का काम बाकी है। मैं रसोई न बना दूं तो बूढ़े को खाना नहीं मिलेगा।''

3

जुलेखा अमीना की स्थिति के विषय में सोचकर भारी उदास मन से चुप बैठी रही। इसी समय अचानक 'धप्प' से किसी के कूदने की आवाज हुई और पीछे से किसी ने आकर जुलेखा की आंखें बंद कर लीं।

जुलेखा भयभीत होकर बोली, ''कौन!''

स्वर सुनकर युवक आंखें छोड़ सामने आ खड़ा हुआ; जुलेखा के मुंह की ओर ताकता हुआ प्रसन्न मुख से बोला, ''तुम तो तिन्नी नहीं हो।'' जैसे जुलेखा बराबर अपने को 'तिन्नी' कहकर ही जताने की कोशिश करती रही हो और केवल युवक के असाधारण तीक्ष्ण बुद्धि के सामने उसकी सब चतुराई खुल गई हो। जुलेखा ने वस्त्र संभाला और गर्वित भाव से उठ खड़ी होते हुए दोनों आंखों से अग्निबाण छोड़ते हुए पूछा, ''कौन हो तुम?''

युवक बोला, ''तुम मुझे नहीं पहचानतीं। तिन्नी जानती है। तिन्नी कहां है?''

शोरगुल सुन तिन्नी बाहर आई। जुलेखा का क्रोध और युवक का हतबुद्धि विस्मित मुख देखकर अमीना जोर-जोर से हंस पड़ी। बोली, ''दीदी, इसकी बातों का तुम कुछ भी बुरा न मानना। यह क्या आदमी है? यह तो जंगली हिरण है। अगर इसने कोई बेअदबी की हो तो मैं इसको फटकारूंगी। दालिया...तुमने क्या किया था?''

युवक ने फौरन कहा, ''आंखें बंद कर ली थीं। मैंने सोचा था तिन्नी होगी, लेकिन यह तो तिन्नी नहीं है।''

तिन्नी सहसा असह्य क्रोध प्रकट करते हुए बोली, ''फिर! छोटे मुंह बड़ी बात! तुमने कब तिन्नी की आंखें बंद की हैं। तुम्हारा साहस तो कम नहीं।''

युवक बोला, ''आंखें बंद करने के लिए कुछ अधिक साहस की जरूरत नहीं होती, तब जबकि पहले से ही अभ्यास रहा हो तो। पर सच कह रहा हूं तिन्नी, आज थोड़ा डर गया था।'' कहते हुए जुलेखा की ओर से छिपाकर उंगली से इशारा करते हुए अमीना के मुंह की ओर देख चुपचाप हंसने लगा।

अमीना बोली, ''नहीं, तुम तो बड़े जंगली हो। शाहजादी के सामने खड़े होने लायक नहीं। तुम्हें साथ में रखकर पाठ पढ़ाना जरूरी है। देखो, इस तरह सलाम करो'', कहकर अमीना ने अपनी यौवन मंजरित देहलता को अत्यंत मधुरभंगी में झुकाकर जुलेखा को सलाम किया। युवक ने बड़े कष्टपूर्वक उसकी पूरी तरह लेकिन अधूरी नकल की।

बोली, ''इस प्रकार तीन कदम पीछे हट जाओ।'' युवक पीछे हट आया।

''फिर सलाम करो।''

फिर सलाम किया।

इस प्रकार पीछे हटवाते, सलाम करवाते, अमीना युवक को कुटिया के द्वार पर ले गई। बोली, ''कमरे के अंदर चलो।'' युवक ने कमरे में प्रवेश किया।

अमीना ने बाहर से कमरे का द्वार बंद करके कहा, ''थोड़ा घर का काम करो। आग जला रखो।'' कहते हुए दीदी के पास आ बैठी। बोली, ''दीदी, गुस्से न होना बहन, यहां के लोगबाग ऐसे ही हैं। मैं बहुत परेशान हो गई हूं।''

लेकिन अमीना के मुख पर या व्यवहार में इसका कोई भी लक्षण प्रकट नहीं हुआ। बल्कि बहुत बातों में यहां के लोगों के प्रति उसका कुछ अनुचित पक्षपात दिखा।

जुलेखा ने यथासमय क्रोध प्रकट करते हुए कहा, ''सचमुच अमीना, तुम्हारे व्यवहार से मैं बहुत हैरान हूं। एक बाहरी आकर तुम्हारा स्पर्श करे। उसका इतना बड़ा दुस्साहस!

अमीना दीदी के साथ स्वर में स्वर मिलाकर बोली, ''देख बहन! अगर किसी बादशाह या नवाब का बेटा ऐसा व्यवहार करता, तो मैं उसे डांट-फटकार कर भगा देती।''

जुलेखा के भीतर की फूटती हंसी रुकी नहीं। वह हंसकर बोल उठी, ''सच कहना अमीना, तू जो यह बता रही थी कि दुनिया तुझे बड़ी अच्छी लग रही है, वह क्या इस जंगली युवक के लिए ही?''

अमीना बोली, ''दीदी, सच-सच बताऊं दरअसल यह मेरा बड़ा उपकार करता है। फल-फूल तोड़ देता है, शिकार कर लाता है, काम करने के लिए बुलाने पर दौड़ा आता है। कई बार सोचती हूं इसको फटकार दूं। लेकिन वह कोशिश बेकार चली जाती है। यदि खूब आंखें तरेरकर कहती हूं, 'दालिया, तुमसे मैं बहुत नाराज हूं'—दालिया मेरे चेहरे की ओर देखकर हैरानी से चुपचाप हंसता रहता है। इस देश का मजाक शायद ऐसा ही है; दो-एक चपत लगाने पर बड़ा भारी खुश होता है। यह भी जांचकर देखा है। अभी देखो न, कमरे में बंद है—बड़े मजे में है, दरवाजा खोलते ही देखूंगी आंखें और मुंह लाल किए हुए मन की तरंग में आग फूंक रहा है। इसे लेकर क्या करूं, बता न बहन! मुझसे तो अब नहीं चल रहा है।''

जुलेखा ने कहा, ''मैं कोशिश करके देख सकती हूं!''

अमीना ने हंसते हुए चिरौरी की, ''तेरे पैरों पड़ती हूं बहन! उसे अब तू कुछ न कहना।'' उसने इस तरह कहा, जैसे वह युवक अमीना का बड़े शौक से पाला गया पालतू हिरण हो। अभी उसका जंगली स्वभाव गया नहीं—कहीं दूसरे आदमी को देख डरकर कहीं और भटक जाए, ऐसी आशंका थी। इतने में मछुए ने आकर पूछा, ''तिन्नी, आज दालिया नहीं आया?''

''आया है।''

"कहां गया।"

"उसने बड़ा हंगामा-सा मचा रखा था, इसलिए उसे कमरे में बंद कर रखा है।"

बूढ़े ने कुछ चिंतित होकर कहा, "अगर परेशान करे तो सहती रहना। कच्ची उम्र में सभी ऐसे नटखट होते हैं। उसे अधिक झिड़का न कर। कल दालिया ने एक थलु (स्वर्ण मुद्रा) देकर मुझसे तीन मछलियां ली थीं।"

अमीना बोली, "बूढ़े, फिक्र मत कर; आज मैं उससे दो थलु ऐंठूंगी। बदले में एक भी मछली नहीं देनी होगी।"

बूढ़ा अपनी लड़की की इतनी कम उम्र में ऐसी चतुराई और दुनियादारी देखकर बहुत खुश हुआ और उसके सिर पर सस्नेह हाथ फेरकर चला गया।

4

आश्चर्य यह है कि दालिया के आने-जाने के बारे में जुलेखा की विशेष आपत्ति धीरे-धीरे जाती रही। सोचकर देखने पर इसमें कोई हैरानी नहीं। कारण, नदी में जैसे एक ओर धार है तो दूसरी ओर किनारा; रमणी में भी उसी प्रकार हृदयावेग और लोक-लज्जा दोनों रहती हैं। पर, सभ्य समाज से बाहर आराकान राज्य में लोग कहां? यहां तो केवल ऋतु-चक्र से वृक्ष मंजरित होते हैं और सामने की नीला नदी वर्षा में स्फीत, शरत् में स्वच्छ और ग्रीष्म में क्षीण हो जाती है। पक्षियों के उच्छ्वसित कंठ स्वर में समालोचना का लेशमात्र नहीं; और दक्षिण वायु बीच-बीच में उस पार के गांव में मानव-चक्र की गुंजन-ध्वनि बहाकर ले आती है, पर काना-फूसी नहीं लाती।

धराशायी अट्टालिका पर धीरे-धीरे जैसे अरण्य जन्म लेता है, यहां कुछ दिनों तक रहने पर उसी प्रकार प्रकृति के छिपे आक्रमण से औपचारिकता की मानव-निर्मित दृढ़ भित्ति अलक्षित रूप से धीरे-

धीरे ढह जाती है और चारों ओर प्राकृतिक जगत के साथ सब कुछ एकाकार हो जाता है। दो समयोग नर-नारी का मिलन-दृश्य देखने में रमणी को जैसा सुंदर लगता है वैसा दूसरा कुछ नहीं। इतने रहस्य, इतने सुख, इतने अतल-स्पर्शी कौतूहल का विषय उसके लिए दूसरा कुछ नहीं हो सकता। तभी इस जंगली कुटिया के बीच निर्जन दारिद्र्य की छाया में जब जुलेखा का कुल-गर्व और लोकमर्यादा का भाव स्वतः ही शिथिल हो आया तब पुष्पित कैलू वृक्ष की छाया तले अमीना और दालिया के मिलन की मनोहर क्रीड़ा देखने में उसे बड़ा आनंद मिलता।

कदाचित् उसके भी तरुण हृदय में एक अतृप्त आकांक्षा जग उठती और सुख-दुख में उसे चंचल बना देती। अंत में ऐसा हुआ, किसी दिन युवक के आने में विलंब होने पर अमीना जैसी उत्कंठित रहती, जुलेखा भी उतने ही आग्रह के साथ प्रतीक्षा करती और दोनों के मिलने पर चित्रकार अपने सद्यः समाप्त चित्र को कुछ दूरी से जैसे देखता है वैसे ही सस्नेह निरीक्षण करती हुई देखती। किसी-किसी दिन मौखिक झगड़ा भी करती, छलपूर्वक डांटती, अमीना को कमरे में बंद कर युवक के मिलन वेग को प्रतिहत करती।

सम्राट् और अरण्य के बीच एक सादृश्य है। दोनों ही स्वाधीन, दोनों ही स्वराज्य के एकाधिपति, दोनों को ही किसी का नियम मानकर नहीं चलना होता। दोनों में ही प्रकृति की एक स्वाभाविक वृहदता और सरलता है। जो बीच के हैं, जो दिन-रात लोकशास्त्र के अक्षर मिलाकर जीवन-यापन करते हैं, वे ही कुछ स्वतंत्र प्रकृति के नहीं हैं। वे ही बड़े के दास, छोटे के प्रभु और प्रतिकूल स्थिति में बिल्कुल किंकर्त्तव्यविमूढ़ हो जाते हैं। जंगली दालिया प्रकृति-साम्राज्ञी का उच्छृंखल पुत्र था, शाहजादी के पास उसे कोई संकोच नहीं होता था, और शाहजादियां भी उसे समकक्ष का व्यक्ति जानकर पहचान पातीं। सहास्य, सरल, कौतुकप्रिय, सभी अवस्थाओं में निर्भीक,

असंकोची, उसके चरित्र में दारिद्र्य का कहीं लक्षण ही नहीं था।

लेकिन इन सब खेलों के बीच एक-आध बार जुलेखा का हृदय हा-हा कर उठता वह सोचती, 'सम्राट् पुत्री के जीवन का यही परिणाम!'

एक दिन सवेरे दालिया के आते ही जुलेखा उसका हाथ जोर से दबाकर बोली, ''दालिया, यहां के राजा को दिखा सकते हो?''

''दिखा सकता हूं। पर किसकिए, बताओ तो सही?''

''मेरे पास एक कटार है जिसे मैं उसकी छाती में उतार देना चाहती हूं।''

पहले तो दालिया कुछ आश्चर्य में पड़ गया, उसके बाद जुलेखा के हिंसा-प्रखर मुख की ओर देखकर उसका समस्त मुख हंसी से भर गया; जैसी इतनी बड़ी मजे की बात इससे पहले कभी भी न सुनी हो। अगर इसे मजाक कहो तो यह राजकन्या के उपयुक्त ही था। न कोई बात न चीत, पहली मुलाकात में ही एक कटार का आधा हिस्सा एक जीवंत राजा की छाती में घुसेड़ने पर ऐसे अंतरंग व्यवहार से राजा सहसा इस तरह हैरान रह जाएगा, यही चित्र निरंतर उसके मन में उदित होकर उसकी नि:शब्द कौतुक हंसी को रह-रहकर उच्च हास्य में परिणत करने लगा।

5

उसके दूसरे ही दिन रहमत शेख ने जुलेखा को गोपन में पत्र लिखा कि ''आराकान के नए राजा को मछुए की कुटिया में दोनों बहनों का पता लगा है और अकेले में अमीना को देखकर अत्यंत मुग्ध हुए हैं। विवाह के लिए अविलंब उसे प्रासाद में लाने का आयोजन कर रहे हैं। बदला लेने का इतना सुंदर अवसर फिर नहीं मिलेगा।''

तब जुलेखा ने अमीना का हाथ दृढ़ता से पकड़कर कहा, ''ईश्वर की इच्छा स्पष्ट ही दीख रही है। अमीना, अब तुम्हारे जीवन के

कर्त्तव्य–पालन का समय आया है, इस समय अब खेल अच्छा नहीं दीखता।''

दालिया उपस्थित था, अमीना ने उसकी ओर ताका; देखा वह कौतुक से हंस रहा है।

अमीना उसकी हंसी से मर्माहत होकर बोली, जानते हो दालिया, मैं राजवधू बनने जा रही हूं।''

दालिया ने कहा, ''वह तो अधिक समय के लिए नहीं।'' अमीना ने पीड़ित विस्मित चित्त से मन–ही–मन सोचा, 'सच ही यह है वन का मृग, इसके साथ मानव के समान व्यवहार करना मेरा पागलपन ही है।'

अमीना दालिया को तनिक और चौकस करने के लिए बोली, ''राजा को मारकर फिर क्या मैं लौट पाऊंगी?''

दालिया बात को संगत जान बोला, ''लौटना तो कठिन ही है।''

अमीना की सारी–की–सारी रूह एकबारगी थर्रा उठी।

जुलेखा की ओर मुड़कर गहरी सांस भरकर बोली, ''दीदी, मैं तैयार हूं।''

और दालिया की ओर मुड़कर बिंधे हृदय से मजाक के बहाने बोली, ''रानी बनते ही मैं सबसे पहले राजा के खिलाफ एक साजिश में शामिल होने के अपराध में तुम्हें दंड दूंगी। उसके बाद फिर जो करना होगा करूंगी।''

यह सुनकर दालिया ने विशेष कौतुक का अनुभव किया जैसे प्रस्ताव का
कार्य में परिणत होना बहुत विनोद का विषय हो।

6

अश्वारोही, पदातिक, निशान, हाथी, बाध और आलोक से मछुए के घर–द्वार के टूट पड़ने की–सी दशा हुई। राजप्रासाद से दो स्वर्णमंडित शिविकाएं भी आईं।

अमीना ने जुलेखा के हाथ से कटार ले ली। हाथी-दांत निर्मित उसकी नक्काशी को बहुत देर तक देखती रही। फिर वस्त्र हटाकर अपनी छाती पर एक बार उसकी धार को जांच कर देखा। जीवन-मुकुल के वृंत के पास कटार को एक बार स्पर्श कराया, फिर उसे म्यान में भरकर वस्त्र के बीच छिपाकर रखा।

उसकी एकांत इच्छा थी कि इस मरण-यात्रा से पहले दालिया के साथ एक बार मुलाकत हुई होती; लेकिन कल से ही वह लापता था। दालिया उस समय जो हंसी हंस रहा था, उसके भीतर क्या मान की ज्वाला प्रच्छन्न थी।

शिविका में चढ़ने के पूर्व अमीना ने अपने बाल्यकाल के आश्रय-स्थल को अश्रुजल के बीच से एक बार देखा—उसकी कुटिया का एक वृक्ष उसके घर के पास बहती वह नदी। मछुए का हाथ पकड़कर वह भरे और कंपते स्वर से बोली, "बूढ़े, तो फिर चली। तिन्नी के चले जाने पर तेरा घर-द्वार कौन देखेगा?"

बूढ़ा बिल्कुल बालकों की तरह रो पड़ा।

अमीना बोली, "बूढ़े, अगर दालिया फिर यहां आए तो उसे यह अंगूठी दे देना। कहना, तिन्नी जाते समय दे गई है।"

यह कहते हुए तेजी से शिविका में चढ़ गई। महा समारोह के साथ शिविका चली गई। अमीना की कुटिया, नदी का किनारा, कैलू वृक्ष की छांह, अंधकार, सभी निस्तब्ध, जनशून्य हो गए।

यथासमय शिविका द्वय ने तोरेण-द्वार अतिक्रमण कर अंतःपुर में प्रवेश किया। दोनों बहनें शिविका छोड़कर बाहर आईं।

अमीना के मुंह पर हंसी नहीं थी। आंखों में भी अश्रुचिह्न नहीं। जुलेखा का मुंह फीका पड़ा है। जब कर्त्तव्य दूर था तब तक उसके उत्साह में तीव्रता थी—अब उसने कंपित हृदय से, व्याकुल स्नेह से अमीना को आलिंगन पाश में जकड़ा। मन-ही-मन बोली, 'इस सद्यः प्रस्फुटित फूल को नवप्रेम के वृंत से तोड़कर किस रक्त-स्रोत में बहाने जा रही हूं।'

लेकिन अब अधिक सोचने का समय नहीं। परिचारिकाओं द्वारा लाए शत सहस्र दीप के अनिमेष दृष्टि के बीच से दोनों बहनें स्वप्नाहत के समान चलने लगीं। अंत में वासर-कक्ष (नव दंपति का पहली रात का विवाह-कक्ष) द्वार के पास क्षण-भर के लिए रुककर अमीना ने जुलेखा से कहा, ''दीदी!''

जुलेखा ने अमीना को प्रगाढ़ आलिंगन में बांध उसका चुंबन लिया।

दोनों ने धीरे-धीरे कमरे में प्रवेश किया।

राजा कमरे के बीच मसनद शय्या पर राजवेश में आसीन थे। अमीना संकोचवश द्वार से कुछ दूरी पर खड़ी रही।

जुलेखा ने तनिक आगे बढ़ राजा के निकटवर्ती हो देखा, राजा चुपचाप सकौतुक मुस्करा रहे हैं।

जुलेखा बोल पड़ी, ''दालिया!'' अमीना मूर्च्छित हो गई।

दालिया उठकर आहत पक्षी के समान उसे उठा गोदी में भरकर शय्या पर ले गया। अमीना ने सचेतन हो छाती से छुरी को बाहर निकाल लिया और दीदी के मुख की ओर देखा। दीदी ने दालिया की ओर देखा और दालिया चुपचाप हास्यवदन दोनों को देखता रहा। कटार भी म्यान के भीतर से जरा-मुंह निकालकर यह तमाशा देख जैसे झकझकाती हंसी हंसने लगी।

❑❑

14

दहेज

पांच लड़कों के बाद जब एक कन्या का जन्म हुआ तब मां-बाप ने लाड़ से उसका नाम निरुपमा रखा। इसके पहले इस समाज में ऐसा शौकीन नाम किसी ने सुना नहीं था। प्राय: देवी-देवताओं के नाम ही प्रचलित थे—गणेश, कार्त्तिकेय, पार्वती इसके उदाहरण हैं।

अब निरुपमा के विवाह की बातचीत चल रही है। उसके पिता रामसुंदर मित्र ने बड़ी खोज की। लेकिन मनपसंद वर कैसे भी नहीं मिला। अंत में एक बड़े रायबाहदुर के घर के इकलौते लड़के को खोज निकाला। उक्त रायबहादुर के पैतृक जमीन-जायदाद बहुत कम रह गई है पर घर तो खानदानी ही था न।

वर-पक्ष ने दहेज में दस हजार की रकम और अनेक प्रकार की दान-सामग्री की मांग की। रामसुंदर बिना सोचे-विचारे राजी हो गए; ऐसे पात्र को कैसे भी छोड़ा नहीं जा सकता।

कैसे भी रुपयों की व्यवस्था नहीं हो पा रही है। गिरवी रखकर, बेचकर, बहुत कोशिशों के बावजूद भी छ:-सात हजार रुपये बाकी रह ही गए। इधर विवाह का दिन करीब आता जा रहा है।

आखिरकार विवाह का दिन आ ही पहुंचा। एक आदमी अधिक ब्याज पर बाकी रुपये उधार देने को तैयार हो गया लेकिन ऐन मौके पर वह भी गैर-हाजिर रहा। विवाह-मंडप में भारी हलचल मच गई। रामसुंदर ने हमारे रायबहादुर से हाथ-पैर जोड़कर कहा, "शुभ काम संपन्न हो जाने दें, मैं रुपये अवश्य ही अदा कर दूंगा।" रायबहादुर

बोले, ''रुपये मिले बिना वर को मंडप में नहीं लाया जाएगा।''

इस दुर्घटना के कारण अंत:पुर में रोना-धोना मच गया। इस बड़ी विपत्ति का जो मूल कारण है वह विवाह की लाल चेली साड़ी पहने, गहना पहने, माथे पर चंदन चुपड़े चुप बैठी है। भावी ससुर-कुल के प्रति उसमें बड़ी भारी भक्ति या अनुराग उत्पन्न हो रहा हो, ऐसा नहीं कह सकते।

इस बीच एक सुविधा हो गई। सहसा ही वर अपने पितृदेव के प्रति बे-अदब हो गया। पिता से कह बैठा, ''खरीद-फरोख्त, मोल-भाव की बात मैं नहीं समझता, विवाह करने आया हूं, विवाह करके ही लौटूंगा।''

पिता ने जिस किसी को सामने पाया उसी से बोले, ''देख रहे हैं न, आजकल के लड़कों का आचरण?'' दो-एक बुजुर्ग लोग थे, उन्होंने कहा, ''शास्त्र-शिक्षा, नीति-शिक्षा तो बिल्कुल रही नहीं, इसी से तो ऐसा है।''

वर्तमान शिक्षा का विषमय फल अपनी संतान में प्रत्यक्ष देख रायबहादुर हतोत्साहित होकर बैठ गए। विवाह किसी तरह विषण्ण-निरानंद भाव से संपन्न हुआ।

ससुराल जाते समय निरुपमा को हृदय से लगाकर पिता आंसू नहीं रोक सके। नीरू ने पूछा, ''बाबूजी, क्या ये लोग मुझे फिर कभी आने नहीं देंगे?'' रामसुंदर ने उत्तर दिया, ''आने क्यों नहीं देंगे, बेटी! मैं तुम्हें लिवा लाऊंगा।''

अक्सर ही रामसुंदर लड़की से मिलने चले जाया करते पर समधियाने में उनकी कोई प्रतिष्ठा नहीं रही। यहां तक कि नौकर-चाकर तक उन्हें नीची निगाह से देखते। अंत:पुर के बाहर अकेले कमरे में किसी दिन पांच मिनट के लिए बेटी से मिल पाते तो किसी दिन मिल तक नहीं पाते।

समधियाने में इस तरह का अपमान तो सहा नहीं जाता। रामसुंदर ने निश्चय किया, जैसे भी हो, रुपया चुकाना ही होगा।

लेकिन कर्ज का जितना बोझ अभी कंधे पर था वही संभाले नहीं संभल रहा था। खर्च में बेहद कटौती करनी पड़ी और कर्जदार की आंख से बचने के लिए हमेशा कई तरह के हीन कौशल अपनाने पड़ते हैं।

उधर ससुराल में उठते-बैठते कन्या को उलाहने मिलते। पिता के घर की निंदा सुनकर कमरे का दरवाजा बंद कर आंसू बहाना उसका नित्य-कर्म बन गया है।

विशेष रूप से सास का आक्रोश किसी भी तरह कम नहीं होता। यदि कोई कहता, ''वाह कैसा रूप है; बहू का मुख देखकर आंखें जैसे शीतल हो जाती हैं।'' सास गरज उठतीं, ''हां, बड़ी रूपवती है। जैसे घर की बेटी, वैसा ही रूप-रंग।''

यहां तक कि बहू के खाने-पहनने तक की कोई परवाह नहीं करता, यदि कोई दयालु पड़ोसी किसी प्रकार की कोई कमी बताता तो सास उत्तर देतीं, ''इतना ही बहुत है।'' यानी कि बाप ने पूरे दाम दिए होते तो बेटी की भी पूरी सार-संभार होती। सभी ऐसा भाव प्रदर्शित करते जैसे बहू का इस घर पर कोई अधिकार नहीं, वह धोखा देकर घुस आई है।

शायद कन्या के अनादर-अपमान की ये सारी बातें कानोकान अंत में रामसुंदर तक पहुंची होंगी। वे घर-बार बेचने का प्रयत्न करने लगे।

लेकिन लड़कों को बे-घरबार का करने जा रहे हैं, यह बात उनसे छिपाए रखी। उन्होंने निश्चय किया, घर बेचकर फिर उसी घर को किराए पर ले लेंगे; ऐसे कौशल से चलेंगे कि उनके मरे दम तक यह बात लड़के जान तक नहीं पाएंगे।

लेकिन लड़के जान गए। सब आकर रोने-चिल्लाने लगे, खासकर बड़े तीनों शादीशुदा लड़के, जिनमें से किसी-किसी के संतान भी हैं। उनकी असहमति बड़ी महत्त्वपूर्ण थी, घर की बिक्री स्थगित रही। तब

रामसुंदर इधर-उधर से भारी ब्याज पर थोड़े-थोड़े रुपये उधार लेने लगे। इसका नतीजा यह हुआ कि गृहस्थी का खर्चा चलना मुश्किल हो गया।

नीरू पिता का मुख देखकर सब कुछ समझ गई। वृद्ध के पके केश, सूखा चेहरा और सदा संकुचित भाव में दैन्य और दुश्चिंता प्रकट हो आई। कन्या के आगे जब पिता अपराधी है तब वह अपराध-अनुपात क्या छिप सकता है। जब समधियाने की अनुमति से क्षण भर के लिए कन्या से साक्षात्कार होता तब पिता की छाती कैसी फट रही होती, यह उनकी हंसी देखकर ही अनुमान हो जाता है।

नीरू उस व्यथित पितृ-हृदय को सांत्वना देने कुछ दिन के लिए मायके जाने को अत्यंत अधीर हो उठी। वह पिता का म्लान मुख देख अब दूर नहीं रह सकती थी। एक दिन रामसुंदर से बोली, ''बाबूजी, मुझे एक बार घर ले चलो।'' रामसुंदर ने कहा, ''अच्छा।''

किंतु उनका कोई जोर नहीं—अपनी पुत्री पर पिता का जो स्वाभाविक अधिकार होता है वह जैसे दहेज के रुपयों के बदले गिरवी रख दिया गया हो। यहां तक कि अत्यंत संकोच के साथ पुत्री से मुलाकात की भीख मांगनी होती और उसमें कभी-कभी निराश होने पर भी दूसरी बार कुछ कहने का मुख नहीं रहता।

किंतु पुत्री के स्वयं मायके आना चाहने पर पिता उसे न लाकर कैसे रह सकता है। इसलिए समधी के पास इस आशय की अर्जी पेश करने से पहले रामसुंदर ने कितनी दीनता, कितने अपमान, कितने नुकसान सहकर जो तीन हजार रुपये संग्रह किए उस इतिहास का गोपनीय रहना ही भला है।

वे कुछ नोटों को रूमाल में लपेट, चादर में बांधकर समधी के निकट जा बैठे। पहले हंसते हुए मुहल्ले की चर्चा छेड़ी। हरे कृष्ण के घर में बड़ी भारी चोरी हो गई, उसका आद्योपांत विवरण कह

सुनाया; नवीनमाधव और राधामाधव दोनों भाइयों की तुलना करते हुए राधामाधव की विद्या-बुद्धि, स्वभाव की प्रशंसा और नवीनमाधव की निंदा की; शहर में एक नए रोग का आगमन हुआ, उस विषय में अनेक अजीबो-गरीब आलोचनाएं कीं, अंत में हुक्का जमीन पर रखते हुए बातों ही बातों में बोले, ''अरे हां, समधी जी, दरअसल वे रुपये तो बाकी रह ही गए हैं। रोज ही सोचता हूं आते हुए कुछ साथ लेता आऊं, लेकिन समय पर ध्यान ही नहीं रहता। अरे भाई, बूढ़ा जो हो गया हूं।'' ऐसी एक लंबी भूमिका बांधते हुए अस्थि-पंजर की तीन अस्थियों के समान तीन नोटों को अत्यंत सहज भाव से अत्यंत लापरवाही से बाहर निकाला। केवल तीन हजार के नोटों को देखकर रायबहादुर ने ठहाका लगाया।

बोले, ''रहने दीजिए समधी जी, इसकी मुझे जरूरत नहीं।'' एक प्रचलित देसी कहावत का उल्लेख करते हुए बोले कि छोटी-सी बात के लिए वे हाथों को बदबूदार नहीं करना चाहते।

ऐसी घटना के बाद कन्या को घर ले जाने का प्रस्ताव कोई जबान पर नहीं ला सकता था—केवल रामसुंदर ही थे जिन्होंने सोचा, 'यह सब रिश्तेदारी का संकोच अब मुझे शोभा नहीं देता।' मर्माहत हो काफी देर चुप रहने के बाद अंत में मृदु स्वर में बात चलाई। रायबहादुर ने बिना कोई कारण जताते हुए कहा, ''यह अभी नहीं होगा।'' और यह कहते हुए वे काम के बहाने उठकर चले गए। रामसुंदर पुत्री को मुंह न दिखाकर कांपते हाथों उन कुछ नोटों को चादर की खूंट में बांध घर लौट आए। मन-ही-मन प्रतिज्ञा की, जब तक सारे रुपये अदा करके नि:संकोच कन्या के अधिकार की मांग नहीं कर सकेंगे—तब तक फिर समधियाने नहीं आएंगे।

बहुत दिन बीत गए। निरुपमा आदमी पर आदमी भेजती रही पर पिता नहीं आए। अंत में रूठकर उसने आदमी भेजना बंद कर दिया, ''इससे रामसुंदर के मन पर भारी चोट पहुंची, लेकिन फिर भी वे नहीं गए।

क्वार का महीना आ गया। रामसुंदर ने कहा, ''अब की पूजा में बेटी को घर लाना ही है, नहीं तो मैं...।'' खूब लंबी-चौड़ी-सी कसम खाई।

पंचमी या षष्ठी के दिन चादर की खूंट में कुछ नोटों को बांधकर रामसुंदर ने यात्रा की तैयारी की। एक पांच साल के पोते ने आकर पूछा, ''दादाजी, क्या मेरे लिए गाड़ी खरीदने जा रहे हो?'' ठेला गाड़ी चढ़कर हवा खाने का बहुत दिनों का उसे शौक है पर किसी भी तरह उसे पूरा करने का उपाय नहीं सूझता। छ: वर्ष की पोती रोती हुई आकर कहती है, पूजा के अवसर पर निमंत्रण में पहनकर जाने के लिए उसके पास एक अच्छा कपड़ा नहीं है।

रामसुंदर यह सब जानते थे और तंबाकू पीते-पीते बूढ़े ने इस विषय में काफी सोचा। जब रायबहादुर के घर से पूजा का निमंत्रण आएगा तब उनकी बहुओं को अत्यंत मामूली गहनों के साथ अनुग्रह-पात्र दीन के समान वहां जाना होगा, इन सब बातों को सोचकर उन्होंने बड़ी गहरी सांस भरी लेकिन इससे उनके भाग्य की वार्धक्य रेखा के अधिक गहरे अंकित होने के सिवाय और कोई फल नहीं हुआ।

दैन्य पीड़ित घर की क्रंदन-ध्वनि को कानों में भरकर वृद्ध ने अपने समधी के घर में प्रवेश किया। आज उनमें वह संकोच का भाव नहीं, द्वार-रक्षक और भृत्यों के मुंह की ओर भी वह चकित सलज्ज दृष्टिपात दूर हो गया मानो उन्होंने अपने ही घर में प्रवेश किया हो। सुना, रायबहादुर घर में नहीं हैं, कुछ देर प्रतीक्षा करनी होगी। मन के उच्छ्वास को न संभाल पा रामसुंदर ने कन्या के साथ मुलाकात की। आनंदातिरेक से दोनों नेत्रों से आंसू बह चले। पिता भी रो रहे हैं कन्या भी रो रही है; दोनों में से कोई भी बोल नहीं पा रहा है। ऐसे ही कुछ समय बीत गया। फिर रामसुंदर ने कहा, ''बेटी, अबकी तुझे ले जाऊंगा। अब कहीं कोई रुकावट नहीं।''

दुर्लभ ई. साहित्य कार्नर

इसी समय रामसुंदर के बड़े लड़के हर मोहन ने अपने दोनों छोटे बच्चों के साथ सहसा कमरे में प्रवेश किया। वे पिता से बोले, ''बाबूजी, तो फिर आपने हम लोगों को रास्ते पर बिठा दिया?''

रामसुंदर ने अचानक अग्निमूर्ति हो कहा, ''तुम लोगों के लिए क्या मैं नरक में जाऊं, तुम लोग मुझे मेरे सत्य की रक्षा नहीं करने दोगे?'' रामसुंदर घर बेच बैठे हैं; लड़के कैसे भी कुछ जान न पाएं, इसके लिए अनेक उपाय किए, फिर भी वे जान गए हैं, जानकर उनके प्रति अचानक रुष्ट और असंतुष्ट हो उठे।

उनका पोता उनके दोनों घुटनों से यथाशक्ति लिपट मुंह उठाकर बोला, ''दादाजी, मुझे गाड़ी नहीं खरीद दी?''

सिर झुकाए रामसुंदर से कोई उत्तर न पा नीरू के पास जाकर बोला, ''मुझे एक गाड़ी खरीद दोगी बुआ!''

निरुपमा सारा मामला समझ गई, बोली, ''बाबूजी, यदि तुमने अब एक पैसा भी मेरे ससुर को दिया तो अपनी कन्या का मुंह फिर कभी नहीं देख पाओगे, तुम्हारी देह छूकर मैं यह कसम खाती हूं।''

रामसुंदर ने कहा, ''राम! राम! ऐसी बात नहीं कहते। फिर, ये रुपये यदि मैं न दे पाऊं तो तुम्हारे पिता का अपमान और तुम्हारा भी।''

नीरू बोली, ''रुपया देना ही अपमान है, तुम्हारी कन्या का क्या कोई सम्मान नहीं। क्या मैं केवल रुपये की थैली भर हूं, जब तक रुपये हैं तब तक मेरा दाम है। नहीं, बाबूजी, ये रुपये देकर तुम मेरा अपमान मत करो। इसके अलावा मेरे पति तो यह रुपये नहीं चाहते।''

रामसुंदर ने कहा, ''बेटी, तब यह तुम्हें जाने नहीं देंगे।''

निरुपमा बोली, ''न जाने दें तो क्या कर सकते हो बोलो, फिर तुम भी ले जाने के लिए कुछ मत कहना।''

रामसुंदर कांपते हाथों नोट बंधी चादर को कंधे पर डाल चोर के समान सबकी आंखें बचाकर घर लौट गए।

रामसुंदर रुपये लाए थे और बेटी की मनाही के कारण वे रुपये दिए बिना ही लौटा ले गए, यह बात छिपी न रही। द्वार पर कान लगा कौतूहल स्वभाव वाली दासी ने नीरू की सास के पास यह खबर पहुंचा दी। सुनते ही उनके क्रोध की सीमा न रही। निरुपमा के लिए उसकी ससुराल अब कांटों की सेज बन गई। इधर उसके पति विवाह के थोड़े दिनों बाद ही डिप्टी मजिस्ट्रेट होकर किसी दूर शहर में चले गए, कहीं संग दोष से नीरू को कुशिक्षा न मिले इसी बहाने अब मायके के रिश्तेदारों से मुलाकात की बिल्कुल मनाही हो गई थी।

इसी समय नीरू अत्यंत कठिन रोग से पीड़ित हो गई। पर इसके लिए उसकी सास को पूरी तरह से दोषी नहीं ठहराया जा सकता। अपने शरीर के प्रति वह अत्यंत लापरवाही बरत रही थी। कार्त्तिक महीने की ओस में रात-भर सिरहाने का द्वार खुला रखती, जाड़े के दिनों में देह पर कपड़ा नहीं रखती, खाने-पीने में कोई नियम नहीं मानती। दासियां जब अक्सर भोजन लाना भूल जातीं तब एक बार भी मुंह खोलकर उन्हें स्मरण नहीं दिलाती। वह पराए घर में दास-दासी की तरह स्वामी-स्वामिनी के अनुग्रह पर निर्भर हो रह रही है। यही संस्कार उसके मन में बद्धमूल हो रहा था।

लेकिन इस प्रकार का भाव भी सास को सह्य नहीं था। यदि भोजन के प्रति बहू की किसी प्रकार की लापरवाही देखतीं तो सास कह उठतीं, ''नवाब के घर की बेटी है न। गरीब के घर का अन्न इनके मुंह में रुचता नहीं।'' फिर कभी कहतीं, ''एक बार देखो तो, कैसी बुरी शक्ल बना रखी है, दिन-ब-दिन जैसे जली सूखी लकड़ी-सी हुई जा रही है।''

रोग जब गंभीर होता गया तब सास बोली, ''ये सब इसके नखरे हैं।'' आखिर एक दिन नीरू ने अत्यंत विनयपूर्वक सास से कहा, ''मां, मैं एक बार अपने बाबूजी और भाइयों को देखूंगी।''

सास बोलीं, ''यह मायके जाने का बहाना है।''

कहने का कोई विश्वास नहीं करेगा—जिस दिन संध्या के समय नीरू की सांस उखड़ने लगी उसी दिन पहली बार डॉक्टर ने उसे देखा था और उस दिन ही डॉक्टर के देखने का अंत भी हो गया।

घर की बड़ी बहू मरी, खूब धूम-धाम से अंत्येष्टि-क्रिया संपन्न हुई जिले में, प्रतिमा-विसर्जन समारोह के बारे में राय चौधरियों की जैसी बड़ी लोक-प्रसिद्धि है, बड़ी बहू की अंत्येष्टि संबंधी रायबहादुरों की बहुत कुछ वैसी ही ख्याति फैल गई—ऐसी चंदन-काठ की चिता इस इलाके में कभी किसी ने देखी नहीं। ऐसे समारोह से श्राद्ध अनुष्ठान भी केवल रायबहादुर के घर में ही संभव था, सुना जाता है, इससे उनके ऊपर कुछ कर्ज भी हो गया।

रामसुंदर को सांत्वना देते समय, उनकी बेटी की कैसे महा समारोह के बीच मृत्यु हुई, सभी ने उसका बड़ा विस्तृत वर्णन किया।

इधर डिप्टी मजिस्ट्रेट का पत्र पहुंचा, ''मैंने यहां सारा बंदोबस्त कर लिया है...इसलिए मेरी पत्नी को फौरन यहां भेज दें।'' रायबहादुर की श्रीमती ने लिखा, ''बेटा, हमने तुम्हारे लिए एक दूसरी लड़की का रिश्ता तय किया है, इसलिए छुट्टी लेकर फौरन चले आओ।''

इस बार बीस हजार का दहेज और हाथों-हाथ अदायगी।

❑ ❑

15

मध्यवलतनी

निवारण की गृहस्थी बिल्कुल साधारण ढंग की थी, उसमें काव्यरस नाममात्र को भी नहीं था। जीवन में इस रस की कोई आवश्यकता है, ऐसी बात उसके मन में कभी आई भी नहीं। जैसे परिचित पुरानी चप्पल–जोड़ी में दोनों पैर आराम से निश्चित भाव से प्रवेश करते हैं उसी तरह इस पुरानी दुनिया में निवारण अपने चिराभ्यस्त स्थान को अधिक किए रहता है, उस संबंध में भूलकर भी किसी प्रकार की चिंता, तर्क या तत्त्वालोचन नहीं करता।

निवारण सवेरे–सवेरे गली के किनारे, घर के द्वार पर खुली देह बैठ अत्यंत निश्चिंत भाव से हुक्का लिए तंबाकू पीता रहता। रास्ते से लोगों का आना–जाना, गाड़ी–घोड़े की आवाजाही, वैष्णव भिखारियों का गान, बेकार शीशी–बोतल खरीदने वालों की हांक चलती रहती; ये सारे चलायमान दृश्य मन को हल्के भाव से ढके रहते और जिस दिन कच्ची अमिया या तपसी मछली वाला आता, उस दिन बहुत मोल–भाव कर कुछ विशेष रूप से खान–पान का आयोजन होता। उसके बाद यथासमय तेल लगाकर स्नान करके भोजन के बाद रस्सी पर लटकती चपकन पहन चिलम भर तंबाकू पीता रहता और एक बीड़ा पान मुंह में रखकर दफ्तर की ओर चल पड़ता। दफ्तर से लौटकर शाम के समय भोजन के बाद रात को शयन–कक्ष में स्त्री हरसुंदरी के साथ मुलाकात होती।

वहां मित्र के लड़के के विवाह पर आइबड़-भात (विवाह के पूर्व वर या-वधू के पितृगृह में अन्नग्रहण रूप संस्कार। इसे संस्कृत में अव्यूदान कहते हैं) भेजना, नई-नई नौकरानी की ढिठाई, छेंचकि (महीन टुकड़ों में कटी तेल में तलकर थोड़े-से जल में सिद्ध या पकाई तरकारी विशेष) में विशेष छौंक की उपयोगिता संबंधी जो सब छोटी-मोटी समालोचनाएं होतीं उसे आज तक किसी कवि ने छंदोबद्ध नहीं किया, और इसलिए निवारण के मन में कोई खीज पैदा नहीं हुई।

इसी बीच फागुन के महीने में हरसुंदरी को कष्टदायक पीड़ा शुरू हुई। ज्वर किसी प्रकार से छूटता नहीं। डॉक्टर जितनी ही कुनैन देते बाधा प्राप्त प्रबल स्रोत के समान ज्वर भी उतना ही ऊपर चढ़ता जाता। ऐसे ही बीस दिन, बाईस दिन, चालीस दिन तक व्याधि चली।

निवारण का दफ्तर बंद था। वह रामलोचन की सांध्यकालीन सभा में बहुत दिनों से गया नहीं था। क्या करे, कुछ समझ में नहीं आता। एक बार शयनकक्ष में जाकर रोगिणी का हाल मालूम कर आता, तो एक बार बाहर बरामदे में बैठकर चिंतित बैठा तंबाकू पीता। दोनों वक्त डॉक्टर-वैद्य बदलता और जो जैसा कहता, वही दवा परीक्षा कर देखना चाहता।

प्रेमपूर्वक इस अव्यवस्थित सुश्रूषा के बावजूद चालीस दिन बाद हरसुंदरी रोगमुक्त हुई। लेकिन, ऐसी दुबली और कमजोर हो गई कि शरीर जैसे बहुत दूर से अत्यंत क्षीण स्वर में 'हूं' कह उत्तर मात्र देता।

जब वसंतकाल में दक्षिण की हवा का बहना शुरू हो गया तब उष्ण निशीथ के चंद्रालोक ने भी सुहागनों के उन्मुक्त शयन-कक्ष में नि:शब्द पद संचार का प्रवेशाधिकार प्राप्त किया।

हरसुंदरी के कमरे के नीचे ही पड़ोसी के पिछवाड़े का बगीचा है। वहीं कोई खास सुहाना या रमणीय स्थान है, ऐसा नहीं कहा जा सकता। किसी समय किसी ने शौक से दो-चार पत्ता बहार के पौधे

लगा दिए थे, तब से उस ओर किसी ने विशेष ध्यान नहीं दिया। सूखी डाल के मचान पर कुम्हड़े की बेल चढ़ रही थी; पुराने बेर की झाड़ी के नीचे भारी झंखाड़ था; रसोईघर के बगल में दीवार टूटकर कुछ ईंटें जमा हो पड़ी थीं। और उसी के साथ जले पत्थर के कोयले और राख दिनोदिन स्तूपाकृत होते जा रहे थे।

किंतु, वातायन के नीचे लेटे इस बगीचे की ओर ताकती हुई हरसुंदरी प्रति क्षण जो आनंद-रसपान करने लगी। अपने तुच्छ जीवन में ऐसा और कभी भी नहीं कर पाई थी। ग्रीष्मकाल में स्रोतावेग मंद हो छोटी ग्राम्य नदी जब बालू शय्या पर क्षीर्ण हो आती तब जैसे अत्यंत स्वच्छता प्राप्त करती, तब जैसे प्रभाव का सूर्यालोक उसकी तलहटी तक कंपित होता रहता, वायु स्पर्श उसके सर्वांग को पुलकित कर देता और आकाश के तारे उसके स्फटिक दर्पण के ऊपर सुख-स्मृति के समान अति सुस्पष्ट रूप से प्रतिबिंबित होते वैसे ही हरसुंदरी के क्षीण जीवन तंतु के ऊपर आनंदमयी प्रकृति की प्रत्येक उंगली जैसे स्पर्श करने लगी और फिर अंतर में जो संगीत तरंग होने लगा उस भाव को ठीक पूर्णतया समझ न पाई।

इसी समय जब उसके पति पास ही बैठकर पूछते, "कैसी हो?" तब उसकी आंखों में जैसे जल छलक आता। रोग क्षीर्ण मुख पर उसकी दोनों आंखें बहुत बड़ी लगतीं, वे बड़ी-बड़ी प्रेमार्द्र और आभास से झुकी आंखें पति के मुख की ओर उठतीं, क्षीर्ण हाथों नई अपरिचित आनंद रश्मि प्रवेश करती।

इस प्रकार कुछ दिन बीते। एक दिन रात में टूटे प्राचीर के उपरिवर्ती नन्हे पीपल के कांपते शाखांतराल से एक बड़ा-सा चांद उदित हो रहा था और संध्याकालीन उमस विलुप्त हो अचानक एक निशाचर वातास जाग्रत हो उठी। ऐसे में निवारण के बालों में उंगली फेरते-फेरते हरसुंदरी बोली, "हम लोगों के कोई बाल-वाल तो हुआ नहीं, तुम दूसरा विवाह करो।"

दुर्लभ ई. साहित्य कार्नर

हरसुंदरी कुछ दिनों से यह बात सोच रही थी। मन में जब तक प्रबल आनंद या वृहत् प्रेम का संचार होता है तब मनुष्य सोचता है, 'मैं सब कुछ कर सकता हूं।' तब अचानक आत्म-विसर्जन की एक इच्छा बलवती हो उठती है। स्रोत का उच्छ्वास जैसे कठिन तट पर अपने को वेग से मूर्च्छित करता है वैसे ही प्रेम का आवेग, आनंद का उच्छ्वास, एक महत् त्याग, एक वृहत् दु:ख के ऊपर अपने को जैसे निक्षेप करना चाहता है।

ऐसी ही दशा में अत्यंत पुलकित चित्त से एक दिन हरसुंदरी ने निश्चय किया, अपने पति के लिए मैं बहुत बड़ा कुछ करूंगी। पर हाय, जितनी साध है, उतनी सामर्थ्य किसके पास है। हाथ के पास क्या है, क्या दिया जा सकता है ? ऐश्वर्य नहीं, बुद्धि नहीं, क्षमता नहीं, मात्र एक प्राण है, वह भी यदि कहीं देने को है तो अभी दे डालूं किंतु उसका भी क्या मूल्य ?

''और अगर पति को दुग्ध फेन के समान शुभ्र, नवनीत के समान कोमल, शिशु कंदर्प के समान सुंदर एक स्नेह पुतली संतान दे सकती ! किंतु प्राणपण इच्छा से भरकर भी तो वह होने का नहीं।'' तब मन में आया, पति का दूसरा विवाह करना होगा। सोचा, स्त्रियां इसके लिए इतनी कातर क्यों होती हैं, यह काम तो कुछ भी कठिन नहीं। पति से जो प्यार करता है सौत से प्यार करना उसके लिए ऐसा क्या असाध्य है, यह सोचकर उसकी छाती फूल उठी।

पहले-पहल जब यह प्रस्ताव निवारण ने सुना तो हंसकर उड़ा दिया, दूसरी और तीसरी बार भी उसकी अनसुनी कर दी। पति की यह असहमति और अनिच्छा देख हरसुंदरी को आस्था और प्रसन्नता जितनी ही बढ़ी उतनी ही उसकी प्रतिज्ञा दृढ़ होने लगी।

इधर निवारण ने जितनी बार यह अनुरोध सुना उतनी ही बार इसकी असंभाव्यता उसके मन से दूर होती गई और घर के द्वार पर

बैठे तंबाकू पीते-पीते संतान-परिवृत्त घर का सुखमय चित्र उसके मन में उज्ज्वल हो उठने लगा।

एक दिन स्वयं ही प्रसंग चलाते हुए उसने कहा, ''अब इस बुढ़ापे में एक बच्ची से विवाह करके मैं उसकी देखभाल नहीं कर सकूंगा।''

हरसुंदरी ने कहा, ''उसके लिए तुम्हें चिंता नहीं करनी होगी। पालने का भार मेरे ऊपर रहा,'' कहते-कहते इस संतानहीना रमणी के मन में एक किशोर वयस्का, सुकुमारी, लज्जाशीला, मातृक्रोड़ से सद्यविच्युता नववधू की मुखच्छवि उदित हुई और हृदय स्नेह से विगलित हो गया।

निवारण ने कहा, ''मुझे दफ्तर जाना है, काम है फिर तुम हो, उस पर किसी बच्ची की जिद सुनने का अवसर मेरे पास नहीं है।''

हरसुंदरी ने बार-बार कहा, ''उसके लिए जरा-सा भी समय नष्ट करना नहीं होगा।'' और अंत में मजाक करते हुए बोली, ''अच्छा जी, तब देखूंगी कहां रहता है तुम्हारा काम, कहां रहती हूं मैं और कहां रहते हो तुम!''

निवारण ने इस बात का उत्तर तक देना आवश्यक नहीं समझा, सजा के तौर पर हंसकर हरसुंदरी के कपोल पर तर्जनी से आघात किया। यह तो हुई भूमिका।

2

नाक में बुलाक डाले और आंखों में आंसू भरे एक छोटी-सी लड़की के साथ निवारण का विवाह हुआ। उसका नाम था शैलबाला।

निवारण ने सोचा, नाम बड़ा मधुर है और चेहरा भी लावण्य भरा है। उसका भाव, उसका चेहरा, उसकी चाल-ढाल कुछ विशेष मनोयोग से देखने की इच्छा होती है, पर वह किसी भी तरह पूरी नहीं हो पाती। उल्टे ऐसा भाव दिखाना पड़ता है कि ''अरे यह रत्ती-भर

की लड़की, इसे लेकर तो बड़ी मुसीबत में फंस गया, किसी तरह जान बचाकर मेरे वयसोचित कर्त्तव्य-क्षेत्र में जा पड़ने पर जैसे परित्राण मिल सकता है।''

हरसुंदरी निवारण के इस विषय विपदग्रस्त भाव को देखकर मन-ही-मन बड़े आमोद का अनुभव करती। कभी-कभी एकाध दिन उसके हाथ को जोर से पकड़कर कहती, ''अरे भागते कहां हो। इत्ती छोटी-सी लड़की है वह तो तुम्हें खा नहीं जाएगी।''

निवारण दूनी हड़बड़ी का भाव दिखाते हुए कहता, ''अरे रुको भी, मुझे एक जरूरी काम है।'' कहते हुए जैसे भागने का रास्ता न पा रहा हो। हरसुंदरी हंसकर द्वार रोककर कहती, ''आज आंखों में धूल नहीं झोंक सकोगे।''

अंत में निवारण नितांत निरुपाय हो कातर भाव से बैठ जाता।

हरसुंदरी उसके कान में कहती, ''अरे, पराई लड़की को घर में लाकर उसकी ऐसी अवज्ञा नहीं करनी चाहिए।''

कहते हुए शैलबाला को पकड़कर निवारण के बाईं ओर बैठा देती और जबरदस्ती घूंघट खोल और ठोड़ी पकड़कर उसके आनत मुख को ऊपर उठाकर निवारण से कहती, ''अहा, कैसा चांद-सा मुखड़ा है, देखो तो सही।''

या किसी दिन दोनों को कमरे में बैठाकर काम के बहाने उठ जाती और बाहर से 'धम्म' से दरवाजा लगा देती। निवारण निश्चय ही जानता, दो कौतूहली आंखें किसी-न-किसी सूराख से संलग्न हुई पड़ी हैं; अत्यंत उदासीन भाव से दूसरी ओर करवट ले सोने की चेष्टा करता, शैलबाला घूंघट खींचे सिकुड़ी-सी मुख फेरे एक कोने में दुबकी बैठी रहती।

अंत में हारकर हरसुंदरी ने कोशिश छोड़ दी लेकिन वह बहुत ज्यादा दु:खी नहीं हुई।

हरसुंदरी ने जब कोशिश छोड़ दी तब स्वयं निवारण ने कोशिश शुरू की। इसमें बड़ा कौतूहल, बड़ा रहस्य है। हीरे का एक टुकड़ा पाने पर उसे अनेक प्रकार से अनेक ओर से घुमा-फिराकर देखने की इच्छा होती है, और यह एक छोटा सुंदर-सा मनुष्य मन बड़ा अपूर्व है। इसे कितने प्रकार से स्पर्श कर, दुलार कर, अंतराल से, सामने से, बगल से देखना पड़ता है। कभी एक बार कान के बुंदे को हिलाकर, कभी जरा घूंघट उठाकर, कभी बिजली के समान सहसा सचकित-सा, कभी नक्षत्र के समान देर-देर तक अपलक नव-नव सौंदर्य की सीमा का संधान करना पड़ता है।

मैकमोरान कंपनी के बड़े बाबू श्रीनिवारणचंद्र के भाग्य में ऐसी अनुभव प्राप्ति इसके पहले कभी नहीं हुई थी। उसने जब प्रथम विवाह किया था तब बालक था; जब यौवन को प्राप्त हुआ तब स्त्री उसके लिए चिरपरिचित थी। विवाहित जीवन चिराभ्यस्त था। हरसुंदरी को वह अवश्य ही प्यार करता, किंतु कभी भी उसके मन में कृत्रिम प्रेम का सचेतन संचार नहीं हुआ।

बिल्कुल पके आम में ही जिस कीड़े ने जन्म लिया हो, जिसकी किसी भी घड़ी रस को खोजना नहीं पड़ा हो, थोड़ा-थोड़ा करके रसास्वाद नहीं करना पड़ा हो, उसे एक बार वसंतकाल में विकसित पुष्पवन में छोड़कर देखें—विकासोन्मुख गुलाब के साथ खुले मुख के पास बार-बार चक्कर लगाने का कितना आग्रही होता है। जरा-सा जो सौरभ पाता, जरा-सा जो मधुर आस्वाद लगाने का प्राप्त करता, उसी में उसको क्या नशा आता!

निवारण पहले-पहल कभी या तो गाउन पहनी हुई कांच की गुड़िया, कभी एक शीशी एसेंस, मिठाई या कभी कोई मिठाई जैसी चीज खरीदकर शैलबाला को अकेले में दे जाता। इस तरह कुछ जरा-सी घनिष्ठता का सूत्रपात होता। अंत में किसी एक दिन हरसुंदरी

ने गृहकार्य से मिले अवकाश के समय दरवाजे के छिद्र से देखा, निवारण और शैलबाला कौड़ियों से दस-पचीसी खेल रहे हैं।

बुढ़ापे में भी यह कौन-सा खेल है! सवेरे निवारण भोजनादि के बाद दफ्तर के लिए निकला, पर दफ्तर न जाकर अंत:पुर में प्रवेश किया। इस प्रवंचना की क्या आवश्यकता थी? सहसा एक जलती वज्रशलाका द्वारा न जाने किसने हरसुंदरी की आंखें खोल दीं, उस प्रखर ताप में आंखों का जल वाष्प होकर सूख गया।

हरसुंदरी ने मन-ही-मन कहा, 'मैं ही उसे घर में लाई, मैंने ही उसका मिलन कराया, फिर मेरे साथ ऐसा व्यवहार क्यों, जैसे कि मैं उनके सुख का कांटा हूं।'

हरसुंदरी शैलबाला को गृहकार्य सिखाती। एक दिन निवारण ने मुख खोल कर कहा, ''बच्ची है बेचारी। उससे तुम बहुत अधिक काम ले रही हो, उसका शरीर उतना झेल नहीं पाता।''

एक बड़ा तीखा-सा उत्तर हरसुंदरी के मुंह पर आया; किंतु वह कुछ बोली नहीं, चुप रह गई।

तब से वह बहू को घर के कामों में हाथ नहीं लगाने देती; खाना पकाना, देखभाल सब काम स्वयं करती। ऐसा हुआ कि शैलबाला अब जरा भी काम नहीं करती, हरसुंदरी दासी की तरह उसकी सेवा करती और पति विदूषक के समान मनोरंजन करता। घर-गृहस्थी का काम करना, दूसरे का ध्यान रखना भी जीवन का कर्त्तव्य है, यह शिक्षा ही उसे नहीं मिली।

हरसुंदरी दासी के समान चुपचाप काम करने लगी। इसमें उसे बड़े भारी गर्व का अनुभव होता। उसमें न्यूनता और दीनता नहीं। उसने कहा, ''तुम दोनों बच्चे की तरह मिल-जुलकर खेलो, गृहस्थी का सब भार मैंने लिया।''

3

हाय, आज कहां है वह बल, जिस बल पर हरसुंदरी ने सोचा था कि वह पति के लिए जीवन-पर्यंत अपने प्रेम के अधिकार का आधा हिस्सा निःशंक छोड़ दे सकती है। सहसा किसी पूर्णिमा रात्रि में जब ज्वार आता है तब दोनों किनारे प्लावित कर मनुष्य सोचता है, मेरी कहीं सीमा नहीं। उस समय जो एक विराट प्रतिज्ञा कर बैठता है, जीवन के सुदीर्घ भाटे के समय, उस प्रतिज्ञा की रक्षा के लिए उसके संपूर्ण प्राणों में खिंचाव पड़ता है। अचानक ऐश्वर्य के दिनों में लेखनी के एक झटके से जो दान-पत्र लिखा जाता है, चिर दारिद्र्य के दिनों में पल-पल तिल-तिलकर उसे चुकाना पड़ता है। तब समझ में आता है, मनुष्य बड़ा दीन, उसका हृदय बड़ा दुर्बल, उसकी क्षमता बड़ी ही सामान्य है।

दीर्घ रोगावसान से क्षीण रक्तहीन पांडुकलेवर में हरसुंदरी उस दिन शुक्ला द्वितीया के चांद के समान एक हल्की-सी रेखा मात्र थी; गृहस्थी में नितांत बेजान-सी उतरा रही थी। उसे लगा, 'मुझ जैसे कुछ भी नहीं के न होने पर भी चलेगा।' धीरे-धीरे उसका शरीर बली हो उठा, खून का तेज बढ़ने लगा, तब हरसुंदरी के मन में न जाने कहां से ढेर सारे मनोभाव आ उपस्थित हुए, उन्होंने ऊंचे स्वर में कहा, "तुम तो त्याग-पत्र लिखकर बैठी हो, पर हम अपना अधिकार नहीं छोड़ेंगे।"

हरसुंदरी ने जिस दिन पहली बार अपनी स्थिति को अच्छी तरह समझ लिया उसी दिन निवारण और शैलबाला को अपना शयन-कक्ष सौंप अलग कमरे में अकेली जाकर सो रही।

आठ वर्ष की उम्र में, वासर रात्रि में जिस शय्या पर प्रथम शयन किया था, आज सत्ताईस वर्ष बाद उसने उसी शय्या को त्याग दिया। दीपक बुझाकर वह सधवा-रमणी असह्य हृदय भार लेकर जब अपनी

नई वैधव्य शय्या पर आ गिरी थी तब गली के दूसरे छोर पर एक शौकीन युवक विहागरागिनी में मालिनी गान गा रहा था और दूसरा तबले पर संगत कर रहा था। स्त्रोतावृंद सम पर हाय...हाय...स्वर में चिल्ला पड़ते थे।

उसका वह गाना उस निस्तब्ध चांदनी रात में बगल के कमरे में सुनने में अच्छा ही लग रहा था। तब बालिका शैलबाला की उनींदी आंखें ऊंघ रही थीं और निवारण उसके कानों के पास मुंह रखकर धीरे-धीरे पुकार रहा था, "सखी!'

इसी बीच इस व्यक्ति ने बंकिम बाबू का 'चंद्रशेखर' पढ़ लिया था और दो-एक आधुनिक कवियों का काव्य भी शैलबाला को पढ़कर सुनाया था।

निवारण के जीवन के पिछले हिस्से में जो एक यौवन-उत्स बराबर दबा हुआ था, आघात पाकर सहसा असमय ही उच्छ्वसित हो उठा। कोई भी उसके लिए तैयार नहीं था, इस कारण अकस्मात् उसकी बुद्धि तथा विवेक और घर-गृहस्थी का सारा बंदोबस्त उलट-पलट हो गया। वह बेचारा कभी नहीं जानता था कि मनुष्य के भीतर में सारे उपद्रवकारी पदार्थ रहते हैं, ऐसी दुर्दांत दुरंत शक्तियां जो सारा हिसाब-किताब और शृंखला-सामंजस्य नष्ट-भ्रष्ट कर देती हैं।

केवल निवारण ही नहीं, हरसुंदरी को भी एक नई वेदना का परिचय मिला। किसकी आकांक्षा और किसके लिए यह दुःसह यंत्रणा। मन इस समय जो कुछ चाहता है, कभी पहले तो यह चाह नहीं थी, कभी उसको पाया भी नहीं था। जब भद्र भाव से निवारण नियमित दफ्तर जाता, तब सोने के थोड़ी देर के लिए ग्वाले का हिसाब, चीजों की महंगाई और औपचारिक कर्त्तव्य विषयक आलोचनाएं होतीं, तब तो इस अंतर विप्लव की कोई शुरुआत तक नहीं थी। वह प्रेम अवश्य करता पर उसमें कोई औद्धत्य, कोई उत्ताप

नहीं था। वह प्रेम मात्र अप्रज्ज्वलित ईंधन के समान था।

आज उसे अनुभव हुआ, जीवन की सफलता से कोई उसे जैसे चिरकाल से वंचित करता आ रहा है। उसका हृदय जैसे चिरदिन से अपवासी बना हुआ है। उसका यह नारीजीवन घोर दारिद्र्य में ही बीत रहा है। उसने केवल हाट-बाजार, पान-मसाला, साग-सब्जी के झंझटों को लेकर ही सत्ताईस अमूल्य वर्षों को दासी वृत्ति में ही व्यतीत किया और आज जीवन के मध्यपथ पर आकर देखा कि उसके ही शयन-कक्ष के बगल में एक छिपे महा-महैश्वर्य भंडार का ताला खोल एक छोटी-सी बालिका एकबारगी राज-राजेश्वरी बन बैठी है। नारी दासी अवश्य है किंतु साथ-ही-साथ नारी रानी भी है। किंतु सारा हिसाब बंटाकर एक नारी दासी बनी और एक नारी रानी बनी; इससे दासी का गौरव तो गया ही रानी का सुख भी न रहा।

इसी कारण शैलबाला ने भी नारी जीवन के यथार्थ सुख का स्वाद नहीं पाया। उसने इतना अविच्छिन्न दुलार पाया जिससे प्रेम करने का पल-मात्र अवसर नहीं मिला। समुद्र की ओर प्रवाहित हो, समुद्र में आत्मविसर्जन कर, शायद नदी की एक महत् चरितार्थता है; किंतु समुद्र यदि ज्वार के खिंचाव से आकृष्ट हो लगातार नदी की ओर ही उन्मुख हुआ रहे तब नदी केवल अपने में ही स्वयं स्फीत होती रह सकती है। गृहस्थी अपना सारा प्यार-दुलार ले रात-दिन शैलबाला की ओर अग्रसर होती रही, इससे शैलबाला का आत्मप्रेम अत्यंत उत्तुंग होकर चढ़ने लगा। गृहस्थी के प्रति उसका प्रेम पनप नहीं पाया। उसने जाना, 'मेरे लिए ही सब कुछ है और मैं किसी के लिए नहीं।' इस स्थिति में पर्याप्त अहंकार भर है, किंतु संतोष जैसा कुछ भी नहीं।

4

एक दिन घनघोर घटा छा गई। इतना अंधेरा हो आया कि कमरे के भीतर काम-काज करना मुश्किल हो गया। बाहर जोरों की बारिश हो रही थी। बेर के पेड़ के तले लतागुल्मों का जंगल जल में लगभग डूब गया था और प्राचीर के पार्श्ववर्ती नाले से मटमैला जलस्रोत 'कलकल' ध्वनि से बह चला था। हरसुंदरी अपने नए शयन-कक्ष के निर्जन अंधकार में खिड़की के पास चुपचाप बैठी थी।

इसी समय निवारण ने चोर के समान धीरे-धीरे द्वार से प्रवेश किया। वह यह समझ नहीं पाया कि लौट आए या आगे बढ़े। हरसुंदरी ने देखा पर कुछ बोली नहीं।

तब निवारण ने सहसा एकदम तीर वेग से हरसुंदरी के पास जाकर एक ही सांस में कहा, ''दो-चार गहनों की जरूरत आ पड़ी है। तुम जानती तो हो कि बहुत कर्ज चढ़ गया है, कर्जदार बड़ा अपमान कर रहे हैं—थोड़ा-बहुत बंधक रखना होगा—जल्दी छुड़ा लूंगा।''

हरसुंदरी ने कोई उत्तर नहीं दिया, निवारण चोर के समान खड़ा रहा। आखिर में फिर बोला, ''तो क्या आज नहीं होगा।''

हरसुंदरी ने कहा, ''नहीं।''

कमरे में प्रवेश करना जितना कठिन था तत्काल बाहर निकलना भी उतना ही कठिन था। निवारण ने कुछ इधर-उधर ताकते हिचकिचाते हुए कहा, ''तब क्या जाकर कहीं और कोशिश कर देखूं।'' कहते हुए वहां से चला गया।

कहां ऋण चुकाना है और कहां गहने बंधक रखना होगा, हरसुंदरी ने यह सब समझ लिया। समझा, नववधू ने पिछली रात अपने इस मतिभ्रष्ट पालतू पुरुष को बड़े तीखे स्वर में कहा था, ''दीदी के पास संदूक भरकर गहने हैं और मैं एकाध भी नहीं पा-पहन सकती?''

निवारण के चले जाने पर हरसुंदरी ने धीरे-धीरे उठकर लोहे के संदूक को खोल एक-एक करके सारे गहनों को बाहर निकाला। शैलबाला को बुलाकर पहले अपने विवाह की बनारसी साड़ी उसे पहनाई, फिर उसे सिर से पैर तक एक-एक कर गहनों से लाद दिया। अच्छी तरह जूड़ा बांधकर दिया जलाकर देखा, बालिका का मुख बड़ा ही मधुर दीख पड़ा—अभी-अभी पके सुगंधित फल के समान सुड़ौल रसपूर्ण। शैलबाला जब 'झन्-झन्' शब्द करती हुई चली गई तो वह शब्द देर तक हरसुंदरी की शिराओं के रक्त के बीच 'रिन-झिन' कर बजने लगा।

मन-ही-मन बोली, 'आज भला किस बाज में तेरी-मेरी तुलना। लेकिन एक समय था जब मेरी भी यही उम्र थी, मैं भी तो ऐसी ही यौवन की शेष रेखा तब उभर उठी थी, पर मुझे यह बात किसी ने क्यों नहीं जताई थी। कब वह दिन आया और कब वह दिन चला गया, इसकी एक बार सूचना भी नहीं मिली।' लेकिन किस गर्व से, किस गौरव से, और कौन-सी तरंग उठाती शैलबाला चलती।

हरसुंदरी जब मात्र घर-गृहस्थी ही जानती थी तब ये गहने उसके लिए कितने मूल्यवान थे ? तब क्या अबोध के समान यह सब ऐसे क्षण भर में ही हाथ से लुटा सकती थी। आज घर-गृहस्थी के अतिरिक्त दूसरे किसी एक बड़े का परिचय मिला है; अब इन गहनों की कीमत और भविष्य का हिसाब सब कुछ तुच्छ हो गया है।

और शैलबाला हीरे-जवाहरात के जेवरात झिलमिलाते हुए शयन-कक्ष में चली गई, एक बार पलभर के लिए भी सोचा नहीं कि हरसुंदरी ने उसे कितना कुछ दिया। उसने यही जाना था कि चारों की सारी सेवा, सारी संपदा, सारे सौभाग्य स्वाभाविक नियम से उसी में आकर परिसमाप्त होंगे; क्योंकि वह शैलबाला थी, वह सखी थी।

5

ऐसे भी लोग होते हैं, जो स्वप्नावस्था में निर्भीक भाव से अत्यंत दुर्गम पथ पर से चले जाते हैं, पलभर के लिए भी चिंता नहीं करते। बहुत से जाग्रत मनुष्यों की भी वैसी ही चिर स्वप्नावस्था उपस्थित होती है, कुछ भी होश नहीं रहता, विपद के संकीर्ण पथ पर निश्चिंत मन से अग्रसर होते रहते हैं, अंत में दारुण सर्वनाश के सम्मुखीन हो जाग्रत हो उठते हैं।

हमारे मैकमोरान कंपनी के बड़े बाबू की भी वैसी ही दशा है। शैलबाला उनके जीवन के बीच एक प्रबल आवर्त के समान चक्कर काटने लगी और बहुत दूर से विविध महार्घ आकृष्ट हो उसमें विलुप्त होने लगे। मात्र निवारण का मनुष्यत्व और मासिक वेतन, हरसुंदरी का सुख-सौभाग्य और वस्त्रालंकार ही नहीं; साथ-ही-साथ मैकमोरान कंपनी के नकद खजाने से भी चोरी-छिपे मांग बढ़ने लगी और वहां से भी एक-दो करके थैलियां अदृश्य होने लगीं। निवारण निश्चय करता, 'अगले महीने के वेतन से धीरे-धीरे कर्ज चुका देगा।' लेकिन अगले महीने का वेतन हाथ में आते ही उस आवर्त से ऐसा खिंचाव आता कि अंत में दो आने का सिक्का तक पलभर में चमचमाते तड़ित वेग से अंतर्हित हो जाता।

अंत में वह एक दिन पकड़ा गया। वंशानुक्रम की नौकरी थी। साहब बहुत स्नेह करते थे—खजाना पूरने के लिए मात्र दो दिन का समय दिया।

उसने धीरे-धीरे कैसे ढाई हजार रुपयों का गबन किया है, यह निवारण खुद भी नहीं समझ सका। वह एकदम पागल की तरह हरसुंदरी के पास पहुंचा और बोला, "सर्वनाश हो गया।"

हरसुंदरी सब कुछ सुनकर एकदम पीली पड़ गई।

निवारण ने कहा, "जल्दी गहने निकालो।"

हरसुंदरी बोली, "वह तो सब मैंने छोटी बहू को दे दिए हैं।"

निवारण बिल्कुल शिशु–सा अधीर हो कहने लगा, "क्यों दिया छोटी बहू को? क्यों दिया? किसने तुमसे उसे देने को कहा था?"

हरसुंदरी उसका सही उत्तर न देकर बोली, "इससे क्या हानि हुई? वह पानी में तो नहीं बहाया है।"

भीरु निवारण ने कातर स्वर में कहा, "यदि तुम किसी बहाने उसके पास से निकाल सको। पर मेरे सिर की कसम, जो बताया कि मैंने मांगा है या किसलिए मांगा है।"

तब हरसुंदरी मर्मांतक खीज और घृणा से भरकर बोल उठी, "यह क्या तुम्हारी बहानेबाजी या लाड़–दुलार करने का समय है। चलो।" कहकर पति को साथ लेकर छोटी बहू के कमरे में गई।

छोटी बहू कुछ समझी नहीं। उसने हर बार इतना ही कहा, "यह सब मैं क्या जानूं?"

गृहस्थी की किसी चिंता से उसे चिंतित होना होगा, ऐसी कोई बात क्या उसके साथ हुई थी। सब अपनी–अपनी चिंता करेंगे, और सभी मिलकर शैलबाला के आराम की चिंता करेंगे। अकस्मात् इसका व्यतिक्रम हुआ, यह कैसा घोर अन्याय है।

तब निवारण शैलबाला के पैर पकड़कर रो पड़ा। शैलबाला केवल यही कहती रही, 'यह मैं क्या जानूं, मैं अपनी चीजें भला क्यों देने लगी?'

निवारण ने देखा, "वह दुबली–सी छोटी सुंदरी सुकुमारी बालिका लोहे के संदूक से भी कठिन है। हरसुंदरी संकट के साथ पति की यह दुर्बलता देख घृणा से जर्जरित हो उठी। वह शैलबाला से जबर्दस्ती चाबी छीनने लगी। शैलबाला ने फौरन चाबी का गुच्छा दीवार के उस पार तालाब में फेंक दिया।

हरसुंदरी ने हत्बुद्धि हो पति से कहा, "तो फिर ताला तोड़ दो।"

शैलबाला बड़े ही शांत भाव से बोली, ''तब मैं गले में फांसी लगाकर मरूंगी।''

निवारण ने कहा, ''मैं एक जगह और कोशिश करके देखता हूं।'' कहते हुए अस्त-व्यस्त सा घर के बाहर चला गया।

निवारण दो घंटे में ही अपना पैतृक घर ढाई हजार रुपये में बेच आया।

बहुत मुश्किलों से हाथ की हथकड़ी तो बची, पर नौकरी चली गई। चल-अचल संपत्ति में केवल दो पत्नियां रह गईं। उसमें से क्लेश कातर बालिका पत्नी गर्भवती हो बिल्कुल अचल ही हो पड़ी थी। गली के नुक्कड़ पर एक छोटे सीले हुए घर में उस छोटे परिवार ने आश्रय लिया।

6

छोटी बहू के असंतोष और दु:ख का कोई ओर-छोर नहीं। वह किसी भी तरह समझ नहीं पातीं कि यह उसके पति के बूते की बात नहीं। क्षमता नहीं थी तो विवाह क्यों किया था?

ऊपर के तल्ले में मात्र दो कमरे। एक कमरे में निवारण और शैलबाला का शयन-कक्ष था और दूसरे कमरे में हरसुंदरी रहती है। शैलबाला असंतोष जाहिर करती कहती, ''मैं रात-दिन सोने के कमरे ही में बंद नहीं रह सकती।''

निवारण झूठा आश्वासन देकर कहता, ''मैं एक दूसरे अच्छे घर की खोज में हूं, जल्दी ही यह घर बदल लूंगा।''

शैलबाला कहती, ''क्यों, यह बगल में तो दूसरा एक कमरा पड़ा है।''

शैलबाला ने अपने पहले के पड़ोसियों की ओर कभी मुंह उठाकर देखा तक नहीं था। निवारण की वर्तमान दुरवस्था से दु:खी होकर वे

एक दिन मिलने आईं; चले जाने पर क्रोध किया, रोई, उपवास किया, हिस्टीरिया के दौरे से सारा मोहल्ला सिर पर उठा लिया। इस प्रकार के उपद्रव अक्सर होने लगे। आखिर में शैलबाला शारीरिक संकट की अवस्था में भयानक पीड़ाग्रस्त हुई, यहां तक कि गर्भपात होने तक की नौबत आ गई।

निवारण ने हरसुंदरी के दोनों हाथ पकड़कर कहा, "तुम शैल को बचाओ।"

हरसुंदरी रात-दिन की परवाह किए बिना शैलबाला की सेवा करने लगी। तिलभर की चूक होने पर शैल उससे कटुवाक्य कहती, लेकिन वह एक का भी उत्तर न देती।

शैल किसी भी तरह साबुदाना खाना नहीं चाहती थी, कटोरी समेत फेंक देती, बुखार में कच्चे आम की चटनी से भात खाना चाहती। न पाने पर गुस्सा हो जाती और रो-रोकर कोहराम मचा देती। हरसुंदरी उसे 'मेरी रानी' मेरी बहन 'मेरी दीदी' कहकर शिशु के समान बहलाने की चेष्टा करती।

पर शैलबाला बची नहीं गृहस्थी का सारा लाड़-प्यार ले चरम असुख और असंतोष में बालिका का छोटा असंपूर्ण व्यर्थ जीवन असमय ही नष्ट हो गया।

7

निवारण को पहले तो बड़ा भारी आघात पहुंचा, पर दूसरे ही क्षण उसने पाया कि उसका एक बड़ा बंधन टूट गया। शोक के बीच ही सहसा उसने एक मुक्ति के आनंद का अनुभव किया। सहसा लगा, इतने दिन उसकी छाती पर एक दुःस्वप्न सवार था। होश आने पर क्षण में ही उसे अपना जीवन अतिशय लघु जान पड़ा। माधवी लता की तरह यह जो कोमल जीवनपाश छिन्न-भिन्न

हो गया, क्या वही उसकी दुलारी शैलबाला थी। सहसा गहरी उसांस भरकर देखा नहीं, यह उसकी उद्बंधन रज्जु थी।

और, उसकी चिर जीवन संगिनी हरसुंदरी? वही तो उसकी सारी गृहस्थी की अकेली अधिकारिणी बन उसके जीवन के समस्त सुख-दुख के स्मृति मंदिर के बीच बैठी है—लेकिन फिर भी बीच में एक दरार है। ठीक जैसे एक छोटी-सी चमकीली सुंदर और निष्ठुर कटार ने आकर एक कलेजे के दाएं और बाएं हिस्से के बीच वेदनापूर्ण विदारण रेखा खींच दी हो।

एक गहरी रात में जब सारा शहर सोया हुआ था तब निवारण ने धीरे-धीरे हरसुंदरी के निभृत शयन-कक्ष में प्रवेश किया। नीरव भाव से प्राचीन परिपाटी के अनुसार वह उस पुरानी शय्या के दाईं ओर सोता रहा था। लेकिन इस बार भी अपने उसी चिर अधिकार में से लेकिन एक चोर की तरह उसने अंदर पैर बढ़ाया।

हरसुंदरी कुछ न बोली, न निवारण ने ही एक शब्द कहा। वे पहले जैसे पास-पास शयन करते रहे, अब भी वैसे ही पास-पास लेटे रहते किंतु उनके ठीक बीचोबीच एक मृत बालिका लेट रही, उसे कोई लांघ न सका।

❑ ❑ ❑